Gente rica

Gente rica

Cenas da vida paulistana

José Agudo

Walnice Nogueira Galvão (POSFÁCIO)

Copyright do posfácio © 2021 by Walnice Nogueira Galvão

CHÃO EDITORA
EDITORA Marta Garcia
EDITOR-EXECUTIVO Carlos A. Inada

INDICAÇÃO EDITORIAL Walnice Nogueira Galvão
CAPA, PROJETO GRÁFICO E DIAGRAMAÇÃO Mayumi Okuyama
PREPARAÇÃO Márcia Copola
REVISÃO Cláudia Cantarin e Carlos A. Inada
TRANSCRIÇÃO E COTEJO DE GENTE RICA: CENAS DA VIDA PAULISTANA
Maria Fernanda A. Rangel/Centro de Estudos da Casa do Pinhal
PRODUÇÃO GRÁFICA, PESQUISA ICONOGRÁFICA E TRATAMENTO DE IMAGENS
Jorge Bastos

DADOS INTERNACIONAIS DE CATALOGAÇÃO NA PUBLICAÇÃO (CIP)
(CÂMARA BRASILEIRA DO LIVRO, SP, BRASIL)

Agudo, José
    Gente rica : cenas da vida paulistana / José Agudo ; posfácio : Walnice Nogueira Galvão. — São Paulo : Chão Editora, 2021.

    ISBN 978-65-990122-6-6

    1. Crônicas brasileiras 2. Romance brasileiro 3. Sátira brasileira I. Galvão, Walnice Nogueira. II. Título.

21-77034   CDD-B869.8
                                      B869.3

Índices para catálogo sistemático
1. Crônicas : Literatura brasileira B869.8
2. Romance : Literatura brasileira B869.3
Aline Graziele Benitez – Bibliotecária – CRB-1/3129

Grafia atualizada segundo as regras do Acordo Ortográfico da Língua Portuguesa (1990), em vigor no Brasil desde 1.º de janeiro de 2009.

chão editora ltda.
Avenida Vieira de Carvalho, 40 — cj. 2
CEP 01210-010 — São Paulo — SP
Tel +55 11 3032-3726
editora@chaoeditora.com.br
www.chaoeditora.com.br

Sumário

9   GENTE RICA

133 Posfácio
    Walnice Nogueira Galvão

193 Notas
198 Créditos das ilustrações

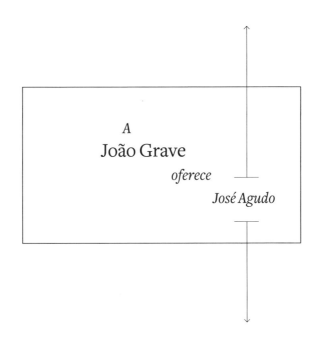

A
João Grave
oferece
José Agudo

Rua São Bento, São Paulo (c. 1902)

I.
PRELÚDIO

> *O pensamento — regente da orquestra, —*
> *Empunhou a batuta, em seu lugar...*
> *— Suspendam, por favor, essa palestra:*
> *— Senhores, atenção!*
> *Vai principiar!*
>
> J. A.

Há muitos anos, desde que comecei a ler e a compreender o que lia e via, foi-se-me formando no espírito uma interessante concepção do mundo artístico.[1]

Digo que essa concepção é interessante, mas não afirmo que o seu interesse ultrapasse os limites da subjetividade original.

É interessante para mim. Se o é para outrem, não o sei nem o posso saber.

Assim, depois de repetidas e variadas observações, compreendi que o principal alimento da poesia é o passado; que a pintura só é verdadeiramente notável quando se objetiva na rusticidade da paisagem ou da ação; que a escultura mais se apoia nas particularidades anatômicas do que nas extravagâncias da indumentária, e que a arquitetura, partindo da simples utilidade inicial, foi ascendendo gradativamente para o elevado ideal da comodidade, do luxo e do conforto modernos.

Quanto à música, tão instável em sua essência, que até pode ser considerada a atmosfera em que se movem todas as manifestações artísticas, sou de opinião que ela só consegue comover profundamente quando é inspirada nas mais violentas paixões que agitam a alma humana. Música alegre é de curta duração.

Na literatura propriamente dita só a dor, em suas multiformes exteriorizações de sofrimentos, de lágrimas, de sangue, de blasfêmias e de fomes, é o alicerce indestrutível das obras que comovem e que conseguem, quando bem escritas, resistir ao esquecimento universal.

Mas ainda não pude compreender como se justifica o atual sucesso da literatura chamada *policial* ou *terrorista*, na qual eu não sei o que mais admirar, — se a faculdade inventiva dos seus autores, combinada com a mais extravagante ideia do que é a Arte; se essa extraordinária confusão de roubos, assassinatos, maus sentimentos e má linguagem, que faz a delícia dos meninos de escola, dos caixeiros de taverna e dos bandidos profissionais.

Até agora, também, em toda a minha vida, que já é bem longa, nunca li uma obra puramente literária, cujo principal tema fosse o elogio da riqueza.

Nunca, absolutamente nunca!

Ora, eu, — que conheço a fundo os cômicos dramas, as ridículas tragédias e as dolorosas farsas em que os ricos figuram como principais protagonistas, porque no meio deles vivo, penso e ajo, — imaginei que o meu assunto era tão empolgante como os que mais o sejam.

É verdade que vacilei algum tempo sobre a forma que daria a este trabalho, chegando a traçar o plano de um grande poema, que batizaria com o sugestivo nome de EPOPEIA DA ABASTANÇA.

Mas, depois, resolvi escrevê-lo em prosa, porque a prosa, — além de ser mais acessível aos espíritos que são naturalmente refratários à poesia, — é um campo mais amplo, onde a imaginação, completamente livre das peias do metro das golilhas da rima, pode bracejar à vontade, como árvore que frondeja solitária...

E, se é certo que, por alta conveniência dos sagrados interesses da Arte, os poetas devem ser lidos por poetas, muito justo me parece que os ricos pelos ricos sejam lidos.

Este livro é deles e para eles.

Aceitai, pois, ó caríssimos ricos! — este modesto produto dos meus ócios; e, se dele gostardes, como ouso esperar,

melhor não pode ser a recompensa da boa vontade com que o pensei e do grande amor com que o escrevi.
    Vale!

J. A.

II.
DUETO

Assim como a argamassa une os tijolos
E faz a construção ser consistente,
Duas almas díspares quais dois polos
Ligam-se por simpática corrente.

ORLANDO DINIZ

Nesse dia passeava Leivas Gomes pela rua Quinze, olhando muito despreocupado para as vistosas *vitrines*, quando, ao defrontar a Casa Garraux, uma voz sua conhecida exclamou jovialmente:

— Ó Leivas! Tu por aqui?!...

Era o Juvenal Leme, um rapaz das suas antigas relações. E abraçaram-se.

Que sim, que viera passar aqui uns dois ou três meses, para descansar das lutas, das terríveis lutas que tivera de sustentar no interior em prol do civilismo e em defesa da sua administração municipal, — respondeu.

— Bem; estimo que te refaças, porque estás um pouco magro. Que é isso, homem? Assim tão chupado...

— É brinquedo, Juvenal! Não tens lido os jornais?...

— O quê? Política, meu velho?!... É assunto em que não desperdiço o meu tempo. Há por aí tanta cousa para nos aborrecer, que eu bem dispenso mais essa... Vamos tomar um cafezinho e conversaremos um pouco, porque eu já ando farto de aturar uns cafajestes que nem conversar sabem.

E foram andando.

— Pois tem havido o diabo lá pela minha zona, — continuou o Leivas.

— Eu lastimo que tu, um rapaz de recursos... Sim, senhor! de recursos em todas as acepções da palavra, vivas assim amofinado. Olha que a vida é tão curta, Leivas, que não vale a pena vivê-la nem aborrecido, nem às carreiras, principalmente quando se está em condições, como tu, de evitar os atropelos e os aborrecimentos. Quem não pode, que se arranje, é boa! mas quem pode... Ó Leivas, olha que a gente deixa isto quando menos espera.

Chegaram ao Guarany.

À porta, transbordando sobre o passeio, havia o habitual agrupamento de *bacharéis* em perspectiva, que ali costumam expor diariamente aos transeuntes pacatos o irrepreensível corte das calças vincadas e dos paletós cintados, a cromática mirabolância das gravatas e a extravagância morfológica dos chapéus. É raro que algum deles exponha alguma ideia, e quando esta consegue irromper daquela massa de celebridades indumentárias, é logo sufocada — a pobre! — pela esmagadora maioria dos nulos pretensiosos.

À direita de quem entra, o vendedor de *estampilhas* conversava muito animadamente com o charuteiro vizinho do fundo, sobre a intervenção federal:

— É o que lhe digo, *seu* Ferreira! Eles estão muito enganados conosco. Você bem sabe que S. Paulo não se abaixa. Onde é que se viu?! Então isto aqui é biscoito?... Que venham, que venham, e *hão de verem* para que presta a fazendeirada brava.

À esquerda, sobre o crônico montão de peras e maçãs, esvoaçavam, enfiados num prego, alguns cartazes com grandes dizeres.

Era um manifesto político recomendando a candidatura do Costa Senra para as próximas eleições federais. E tinha o retrato do candidato!

Juvenal levou o lenço ao nariz num gesto instintivo de prudente profilaxia.

— Que é, Juvenal?

— Não posso suportar esse horrível cheiro de asneiras verbais combinadas com impressos políticos. É medonho, Leivas; é muito perigosa, esta coprofilia intelectual.

Entraram, sentaram-se, saudaram alguns conhecidos que estavam à mesa fronteira, e Juvenal, guardando o lenço, convidou:

— Mas conta lá o teu caso político, já que estamos na época dos *casos*... Talvez o teu tenha alguma cousa de original, que diabo! Às vezes, donde menos se espera é que surge uma ideia aproveitável, ou imprevista.

E Leivas referiu longamente, que, tendo sido eleito prefeito municipal na sua zona, esforçou-se para deixar sinais duradouros da sua passagem por esse espinhoso cargo. Mas não pôde resistir aos conluios dos seus adversários, animados pelo bafejo oficial das altas regiões governativas, onde tudo é sinuoso, misterioso e vergonhoso.

Juvenal levou outra vez o lenço ao nariz e, risonho, interrompeu o amigo:

— Tu agora me fizeste lembrar a tal história do prato...

— Que prato?

— Aquela história em que se indaga se é mais decente... sujar no prato em que se comeu, ou comer no prato em que se... sujou. Pelo que me dizes, vejo que em política é mais fácil de verificar-se a primeira hipótese, o que não quer dizer que se não verifiquem ambas.

Leivas, para desviar a conversa, não se deu por achado na alternativa dos pratos sujos, e mudando de tom:

— E tu, o que fazes, Juvenal?

— Vivo aquela vidinha de sempre, meu caro; isto é, agora um pouco mais intensamente, porque é preciso andar-se de ouvido fino e olhos bem abertos, para se não ser atropelado por algum automóvel cheio de candidatos aos cubículos do Juquery. A cabeça deve trazer-se bem levantada para se ler o *Conserve a sua direita*; é perigoso caminhar pelo centro das ruas, destinado ao trânsito de veículos (diz sentenciosamente a nossa previdente e acaciana polícia), e para contrapeso, até é possível sermos esmagados por qualquer aeroplano despencado das alturas. Lá pelo teu Jaú não há disso, hein! Ah! Temos progredido estupendamente! Eu nem sei aonde iremos parar.

— De facto, a capital transforma-se a olhos vistos. Cada mês de intervalo nas minhas vindas aqui... e é um novo melhoramento que me surpreende. Agora, é o bastão branco dos polícias, é a rua Líbero que desaparece, é o viaduto de Santa Ifigênia que avança...

— Não é só o viaduto que avança, meu velho. O avança, agora, é geral...

— Sempre cáustico!... Já vejo que os anos passam por ti como as vagas pelos rochedos. Não te mudam.

— Provavelmente, quando eu mudar há de ser de uma vez e para sempre.

Levantaram-se.

O relógio do Grumbach marcava três horas.

— Para onde te atiras, Leivas?

— Vou para casa... Ah! Sim, a nossa casa é na avenida Higienópolis n.º 218. Quando quiseres, dar-me-ás muito prazer com a tua visita.

— *Grazie!* Qualquer dia lá irei filar-te o café e cacetear-te alguns minutos.

— Ora, essa! com muito gosto e sem caceteação alguma. E tu, para onde vais agora?

— Fico por aqui mesmo, porque estou esperando uma pessoa com quem tenho de conferenciar sobre a fundação de uma *mútua*. É a moda — sabes? — agora tudo são *conferências* e *mútuas*.

— Se é cousa em que eu possa auxiliar-te, conta comigo, Juvenal.

— Não fica sem resposta o teu oferecimento. Amanhã, decerto, nos encontraremos, e dir-te-ei o que há. A cousa, ao que me parece, não está sem jeito. Havemos de ver. Não serás esquecido...

— Lá vem o 25. É o meu bonde, Juvenal.

— Então, até amanhã.

— *Arrivederci*, Juvenal.

III.
ARIA

Ver além do nariz,
Não ser pato nem tanso,
Traçar a directriz
Que deve ser seguida;
Saber o que se quer e querer sem descanso:
— Eis o grande segredo, — o êxito da vida.

DO BOM HOMEM RICARDO

Leivas Gomes, há uns oito anos mais ou menos, era um rapaz tão inteligente quanto feio e pobre.

Ainda possui todas essas qualidades, menos uma, a última, porque agora é rico.

Rapaz, também o é ainda, porque não tem muito mais de trinta anos.

Não é milionário, mas está à bica para lá chegar. E é bem possível que chegue.

Nascido em Minas, — nas *alterosas*, como ele às vezes pitorescamente diz, — viera para S. Paulo, atraído pela prosperidade sempre crescente desta parte do nosso país; e, logo que aqui chegou, resolveu seguir uma das carreiras liberais que estão sempre abertas e francas a todos os homens de boa vontade.

Durante o tempo em que fazia os seus *preparatórios*, mostrou qualidades tão excepcionais de assimilação e transmissão, que chegou a ponto de ensinar a muitos colegas as mesmas matérias em que se preparava.

Escrevia em jornais e revistas (até fundou uma que morreu do mal de sete dias), e falava com tanta facilidade, que era sempre o orador escolhido para todas as solenidades escolares.

Escrevendo, era um discípulo de Eça de Queiroz, que ele chamava *o divino Eça*, e falando, era imaginoso e facundo como todo o meridional dotado de talento.

Ganhava, assim, a vida muito honradamente, mas com muito trabalho, equilibrando o seu orçamento de estudante a quem os parcos recursos paternos não permitiam uma gorda mesada.

Era, em suma, o verdadeiro tipo do *self-made man*, tão raro em nosso meio em que predomina o filhotismo sem limites.

Em discurso de paraninfo, que ficou célebre na roda dos seus colegas de ensino, declarou-se francamente partidário do britânico — *make money!* — e disse, convicto, que todo o segredo do êxito na vida prática depende exclusivamente de "*sabermos aplicar os nossos esforços no sentido de uma directriz que todos devemos pretraçar*".

Era um rapaz de ideias, como se vê.

Finalmente, quando se viu de posse do clássico canudo com a carta de engenheiro pela nossa *Politécnica*, os seus olhares de míope, coados através de duas grossas lentes divergentes, pousaram na directriz que ele havia pretraçado, e visaram um ponto de colimação que estava muito distante mas não era inatingível.

E porque entre o povo brasileiro abastado uma das suas paixões dominantes ainda é e será por muito tempo a dos *diplomas*, foi-lhe fácil, alguns meses depois de formado, casar-se com a filha de um importante fazendeiro do oeste ou, mais propriamente, do norte do nosso estado.

Na sua qualidade de engenheiro, ele bem sabia que essa denominação Oeste Paulista era geograficamente errônea, porque na história da nossa evolução, havia factos que ele não podia nem devia ignorar. Um deles era, efetivamente, a gênese dessa errônea denominação.

Há trinta anos ou pouco mais (ainda ele não era nascido), quando as terras da então província do Rio de Janeiro começaram a produzir tão pouco que o seu produto quase não dava para compensar o custeio agrícola, os lavradores fluminenses, atraídos pela justa fama que já então Campinas gozava, e acossados pela necessidade econômica, que é o aguilhão de todas as migrações humanas, principiaram o êxodo para o território paulista.

A espantosa uberdade das feracíssimas *terras roxas* assombrava a todos que vinham das exaustas terras brancas, e exercia uma influência tão fascinadora sobre o país inteiro como se fosse um intenso foco de magnetismo social, que fizesse convergir para si todos os elementos esparsos da atividade produtora.

Esse êxodo, porém, acentuou-se com a máxima intensidade quando a libertação dos escravos, em 1888, maiores dificuldades criou para quem já há tanto tempo lutava tenazmente contra o natural cansaço da terra fluminense.

Agora, não era só esse cansaço que desanimava os produtores: — era também a positiva falta de braços que ainda pudessem tirar do solo o pouco que dele se podia esperar, porque os libertos abandonavam em massa o serviço agrícola, para dissolverem a sua já miserável raça na aguardente, que bebiam sem medida, e na indolência produzida pela mais desbragada ociosidade de que há notícia na história dos países novos e de incomensuráveis recursos naturais como é o nosso.

Aqui, não. Para substituir o braço servil, grandes levas de imigrantes europeus tinham vindo à custa dos cofres públicos; e se essa substituição foi ou não proveitosa para nós e para os imigrantes, di-lo mais alto do que todos os argumentos o estado atual da nossa lavoura e a prosperidade real, positiva e palpável da grande maioria desses eficazes auxiliares do nosso progresso.

Ora, o êxodo dos fluminenses tomava a direção oeste do Rio de Janeiro, e os emigrados nacionais, estabelecendo-se no sector paulista, cujos raios passam por Serra Negra e Jaú, e cuja corda atravessa Batatais, foram conservando e ainda hoje conservam a errada denominação geográfica que deram à parte norte-noroeste do nosso estado, que é a mais importante sob todos os pontos de vista.

Era isso que ele sabia muito bem e que ele ensinava aos seus alunos de corografia.

Não está provado que a lição aproveitasse, porque o erro permanece; mas, o que é verdade é que a Leivas Gomes não se pode atribuir essa permanência. É uma questão de rotina, e não há nada que mais contrário seja à perfeita noção das cousas.

Ele já dera prova de ter largas vistas, apesar da sua natural miopia; e agora, que estava bem casado sob o ponto de vista econômico, o seu raio visual mais se alargava, como se observa em todos os indivíduos que olham de cima.

A influência política da família da esposa e os seus conhecimentos técnicos em breve o colocaram em posição de mais evidência.

Foi prefeito municipal, cargo em que manifestou raras qualidades de administrador, muita atividade e até coibiu muitos abusos, — segundo a sua e a opinião dos seus correligionários.

Os adversários diziam à boca cheia que ele procedera como macaco em loja de louça, — mas devia fazer-se um razoável desconto nessa opinião, porque era uma opinião de adversários.

O que é facto é que a função faz o órgão e cria novas necessidades; e Leivas Gomes, muito bem repimpado na sua cadeira eletiva, lá de cima via muito mais longe ainda.

De novo os seus olhares visaram um ponto muito alto, a que a sua imaginação criadora dava a nítida forma de outra cadeira eletiva.

Já tinha tomado o gosto... Agora, era seguir sempre avante.

Seria um sonho? É bem possível, porque a vida que é, afinal, senão um sonho?!...

Uns sonham dormindo e outros acordados. Os primeiros não sonham o que querem, mas os segundos querem o que sonham.

Ele era destes.

Sonhava voluntariamente, e até dentro do seu próprio sonho não se esquecia da directriz a seguir. A certa altura dela avultava, majestosa, a simbólica basílica da imortalidade nacional, onde havia então uma cadeira vaga, — a tal cadeira eletiva, que era o seu sonho de acordado.

Com os olhos do espírito ele via perfeitamente essa cadeira através das portas cerradas aos assaltos dos profanos.

Pois bem! Para ser ouvido, bateu fortemente a essas portas com os *Sonhos que ficam*... — obra literária que foi bem acolhida pela crítica indígena.

Mas as portas, como todas as portas que se honram de o ser, surdas aos seus reclamos, permaneceram inflexivelmente fechadas para ele.

Por quê? Por que é que essas portas não ouviam, como as paredes que às vezes ouvem?

Quem pode desvendar os impenetráveis mistérios da literatura?

Entretanto, chegara-lhe aos ouvidos que as portas tinham sido forçadas por alguém?...

— Então essas portas, cuja chave deve ser somente uma pena manejada pelo talento ao serviço de uma imaginação criadora e original, seriam feitas para cederem à gazua de uma espada, como qualquer porta de cofre público?...

Era o que ele a si mesmo perguntava nos seus raros momentos de desânimo.

Mas a confiança voltava-lhe de novo, quando se via pairando superiormente sobre a nulidade dos seus contemporâneos.

E o seu raio visual amplificava-se cada vez mais.

Agora, que tinha caído a situação política que o elegera prefeito municipal, viera gozar um pouco o *dolce far niente*.

A directriz continuava, porém, na sua frente, larga e reta, não como nova estrada de Damasco, porque ele não era um convertido, mas como espaço a vencer, cheio de promissoras etapas.

E havia de ser vencido, porque a abastança é a moderna varinha de condão que transforma em maravilhas tudo que toca.

Era rico e tinha talento...

IV.
SOLO

Quanta gente que ri, talvez, consigo
Guarda um atroz, recôndito inimigo,
Como invisível chaga cancerosa!

Quanta gente que ri, talvez existe,
Cuja ventura única consiste
Em parecer aos outros venturosa!
RAIMUNDO CORREIA

Juvenal de Faria Leme era um paulista da gema.

Nascido, batizado, crismado e vacinado na freguesia da Sé, nunca saiu verdadeiramente da capital.

Foi a Santos algumas vezes para se banhar nas águas lustrais do oceano, e ao Rio de Janeiro para ter a noção do que é uma capital política de um país tão grande como é o Brasil. Mas eram curtas as suas excursões.

Descendia em linha mais ou menos direta de pessoas que tinham desempenhado importantes papéis quer na formação e evolução do nosso estado, quer na própria fundação da nossa nacionalidade.

Um dos seus avós maternos era neto do famoso Bartholomeu Fernandes de Faria, de Jacareí, que dera que fazer e que pensar durante nove longos anos ao governo da então capitania de S. Paulo, sendo preso somente em 1719, quando estava gravemente enfermo e sem forças para continuar a sua antiga luta e para sustentar a sua defesa armada.

Seu pai foi neto do tenente Francisco Bueno Garcia Leme, de Pindamonhangaba, — um dos trinta felizes membros da célebre guarda de honra, que testemunharam o desarranjo intestinal do príncipe regente, ocorrido na tarde de 7 de setembro de 1822, no campo do Ipiranga, e de que resultou que fosse proclamada aí mesmo a independência do Brasil.

Por este lado da sua ascendência ele verificara mais que, segundo dados fidedignos fornecidos por um genealogista de nomeada, o sangue do grande Fernão Dias Pais Leme, — o *Caçador de Esmeraldas,* — não fora estranho à constituição física dos seus avoengos.

Quando homem-feito, possuindo alguns conhecimentos e suficientes haveres que lhe permitiam uma certa independência econômica e intelectual, começou a pô-la em prática.

Tinha a paixão de escrever. Não se importava muito de publicar o que escrevia, mas entendia que o homem que sabe dizer o que quer e o que sente é um criminoso, se deixa de externar por escrito os seus desejos e as suas impressões. Nos raros folhetos que já dera à publicidade, ou nos artigos que algum amigo lhe pedia para algum jornal sem assunto e sem recursos, assinava sempre Juvenal Paulista.

Alguns amigos, estranhando que ele se ocultasse sistematicamente atrás desse pseudônimo, fizeram-lhe ver que assim ninguém daria valor ao Juvenal de Faria Leme, porque o público em geral não pode conhecer todos os pseudônimos dos escritores, etc.

E ele retrucava-lhes:

— Mas eu, na minha qualidade de legítimo paulista, quero usar esse nome. Quanto ao valor, há duas cousas a considerar: — ou os meus pensamentos e as minhas ideias são aproveitáveis e, portanto, valem por si mesmos; ou não são aproveitáveis, e nesse caso não há nome nem cousa alguma que os valorize...

Sim; porque para ideias e pensamentos, que são cousas muito diferentes do café ou da borracha, não há plano de valorização que dê sorte.

Por outro lado, se o valor a que vocês se referem é o que pode ser substancializado em boa moeda corrente, devo dizer-vos que esse, felizmente, nada me preocupa, porque eu sou um homem *aspirante-premente*.

E lá vinha a sua teoria hidráulico-econômica, segundo a qual os homens, considerados como principais factores na circulação das riquezas, podem ser equiparados às bombas.

Há os *aspirantes*, os *prementes* e os *aspirantes-prementes*. Os *aspirantes*, que só procuram elevar o dinheiro até o seu próprio nível, são os avarentos e os usurários; os *prementes*, que fazem pressão sobre o dinheiro para que este suba e esguiche em jactos confortadores, são os *chantagistas*, os multiformes contadores do conto do vigário, os *cavalheiros* de todas as *indústrias* imaginárias e imagináveis; e os *aspirantes-prementes*, que elevam o nível do dinheiro para que este se espalhe em planos superiores, são os proprietários, são os negociantes, são os industriais, são os financeiros, são os prestamistas, são os acionistas de sociedades anônimas, são os equilibrados, enfim.

De facto, os seus haveres estavam empregados em apólices da dívida pública e em ações de boas companhias de estradas de ferro. A renda que esses títulos produziam era-lhe suficiente para viver folgadamente, a seu modo, porque ele não tinha hábitos de perdulário, embora fosse generoso.

Devia ter uns trinta anos, e era solteiro ainda.

Os amigos, depois de ouvida a sua justificação, observavam-lhe:

— Isso é orgulho de paulista, que descende dos ousados *bandeirantes*.

E ele retorquia-lhes ao pé da letra:

— Estão enganados, vocês. Não é porque nas minhas veias corra algum sangue de Fernão Pais ou de outros quejandos, que eu tenha algum orgulho, meus amigos; porque, jactar-se de descender dos *ousados bandeirantes* é o mesmo que honrar-se de ser neto ou bisneto de bandidos e ladrões. Quem sabe se os australianos têm esse orgulho?!... Os antigos romanos, que descendiam de escravos foragidos e de ladrões que andavam a monte, orgulhavam-se somente de serem romanos. É o que eu faço, é o que nós devemos fazer. Sejamos orgulhosos da nossa qualidade de paulistas, mas não escavemos muito nas ruínas do nosso passado, porque elas, nas suas mais profundas camadas, estão cheias de ossos que ainda hoje nos envergonhariam. Na superfície encontraremos muitas cousas que nos honrem: — são as ideias da nossa independência política, da abolição da escravatura, da federação, da república, que todas aqui germinaram e daqui irradiaram triunfalmente pelo país inteiro; e é, finalmente, o belo exemplo do bom emprego da nossa atividade, que fez e faz ainda com que esta região seja a mais importante do nosso amado Brasil. Disto, sim, nos devemos orgulhar, meus amigos. Eu, por mim, orgulho-me de ser paulista por ser paulista.

Os amigos, vencidos ou convencidos, o que para ele era indiferente, levavam-no para outro terreno:

— Mas, ó Juvenal; tu, com os teus recursos tão variados, podias ser alguém, no sentido americano da expressão.

E ele, sempre expansivo, sempre risonho, respondia-lhes:

— Vocês querem saber uma cousa? Eu já me convenci à minha custa que o ignorar é útil.

— Então és contra a instrução, que é uma das glórias do nosso estado? — interrogavam insidiosamente.

— Em termos, porque todos os exageros são perigosos. Querem vocês uma prova imediata? Aí vai ela. Haverá ação individual mais meritória do que o exercício da caridade? Bem. Vamos todos por essas ruas afora, em busca dos necessitados. Levemos o pão a todos os lares onde ele falta; os remédios a todos os enfermos que por aí sofrem sem recursos para pagarem aos médicos e às farmácias; as roupas a todos que por aí tiritam de frio... Que beleza de proceder! Que magnanimidade, hein! Que nobreza de sentimentos!... E agora, que resulta da nossa generosa ação? Ficarmos todos pobres, aumentando, portanto, o número já infinito dos necessitados. E se instruirmos a torto e a direito, só pelo prazer de instruir, é certo que não perderemos a instrução que já temos, mas iremos criar muitas necessidades novas, que as contingências da vida não permitirão satisfazer. Enfim, é o mesmo que aumentar a aflição ao aflito, e eu acho que é desumano sobrecarregar mais a quem já vai carregando um tão pesado cargo. Depois, é preciso considerar que há pessoas que não podem ou não querem aprender cousa alguma. A respeito dessas pessoas já o Bissolo de Anatole France tinha dito que não é fácil fazer um burro beber quando ele não tem sede ou não quer beber...

E os amigos, sempre desejando embaraçá-lo:

— Visto isso, segundo a tua teoria, deve haver sempre pobres e ignorantes?

— Eu estou convencido que é indispensável, fundamentalmente indispensável haver pobres, para que seja mantida a perfeita harmonia do mundo. Lá vai mais uma prova. Digam-me: — qual é a obra-prima literária que vocês conhecem, cujo assunto principal seja a riqueza ou a classe abastada? Nenhuma — está claro — nenhuma! Até na pintura ou na escultura, meus caros, a observação confirma a regra. Todas as produções artísticas que ficam, que resistem à pátina dos séculos, são baseadas na dor, no sofrimento, na miséria física, moral ou econômica. Vocês querem cousas mais empolgantes, mais poéticas ou mais vibrantes do que sejam os maltrapilhos, os deserdados, os famintos, os desventurados? Que delicioso prazer artístico não nos causa a leitura das reivindicações do proletariado, quando elas são descritas por mão de mestre, hein?!... A gente até sente calafrios. Os nossos nervos vibram intensamente, e vocês sabem muito bem que — viver é vibrar.

— Que belo assunto para uma conferência, — comentava algum dos ouvintes.

— E não o diga com ar de mofa, porque é mesmo. Ora, eu, esteticamente, sou pela existência e pela subsistência dos pobres. E, como para haver pobres, necessário é que haja ricos, — faço todo o empenho para devidamente apreciar aqueles.

E agora vou provar-vos também como é útil o ignorar.

Vede como à mesa de um banquete os convivas em geral apreciam os acepipes que vêm chegando, todos ornados de excitantes do apetite. Pois eu em verdade vos digo que o prazer de cada um está na razão inversa dos seus conhecimentos. Ah! Se eles soubessem como é feita a maioria desses apetitosos petiscos!...

Pois bem! Um dia encasquetou-se-me na cabeça a ideia de desvendar um mistério. Eça de Queiroz, no retrato literário de Eduardo Prado, disse que a curiosidade pode conduzir à descoberta da América ou ao buraco de uma fechadura. Mas entre a América e a fechadura — digo eu — que abundante variedade de escalas!... A mim, a curiosidade conduziu-me a uma cozinha, meus amigos. É verdade, — a uma cozinha!

Houve uma época da minha vida em que me vi na contingência de comer em hotel... Vocês sabem o que é comer em hotéis ou pensões?... Se não o sabem, são felizes, e se o sabem, aceitem as minhas condolências, que são sinceras. Mas, continuando:

Havia uma cousa que eu não podia explicar: — era aquele gosto particular, *sui generis*, do tempero... Por mais que eu, em minha casa, industriasse verbalmente as minhas cozinheiras sobre a esquisitice do tal tempero, nada de obter cousa igual, e, portanto, o mistério continuava mistério. Mas a tal curiosidade!...

Um dia, à vista de um anúncio do *Diario Popular*, vesti uma roupa velha, sujei-me convenientemente e apresentei-me candidato a um lugar de lavador de pratos.

Entrei na cozinha no exercício das minhas funções, e, quando se aproximava a hora do almoço, notei que o mestre cozinheiro tirava de um alto barril, posto em pé e aberto pelo tampo, grandes colheradas de um líquido viscoso e escuro, que tinha aspecto de melado, e o espalhava nos molhos quase prontos com que cobria as carnes...

Logo, aquecido pelo fogo, o tal líquido fumegava, e a cozinha enchia-se do cheiro do tal tempero que fazia o meu desespero.

Começou a ser servido o almoço, e, enquanto eu ia lavando os pratos, percebia que o ajudante do cozinheiro, naturalmente, sem reserva alguma, despejava no barril todos os restos líquidos ou semilíquidos que vinham de fora, das mesas, nos pratos servidos.

Éramos três lavadores, que trabalhávamos enfileirados, ao lado de uma longa e larga pia esmaltada. O meu colega imediato tinha assim uns modos de muito confiado, porque a todo o momento me perguntava ora uma, ora outra cousa. Ainda me recordo muito bem da admiração que ele manifestou quando percebeu que eu não era italiano.

A pontinha do véu estava já erguida. Quis completar o desvendamento, e perguntei ao meu vizinho de pia:

— Ó coisa, que é aquele barril?

E ele ainda mais espantado da minha crassa ignorância culinária, respondeu com ar velhaco:

— *Eh! Che stupido!... quello è il barile della sustanza.*

Sim, senhores! Era o barril da sustância.

Ora aí está por que divido também os homens em duas grandes classes: — os que cozinham e os que comem.

É a minha teoria culinária da vida.

Aí têm vocês o motivo por que não sou ninguém no sentido americano da palavra. Já vi como se fazem os pratos, e fiquei enojado. Quem quiser que os faça e... que os coma.

E os amigos, então, com ar triunfante:

— Coitado do Juvenal! Deves ter sofrido bastante fome, visto isso.

— Não é tanto assim, meus caros. Eu como, porque não há outro remédio; mas como em termos. Cozinhar é que não cozinho. Até nisso divirjo do comum, porque na divisão dos homens em produtores e consumidores, há um ponto em que eles se confundem, visto não haver produtor que não consuma. Mas há muitos consumidores que não produzem absolutamente nada. Eu acho que sou um desses...

— Bem! — tornavam os amigos, mudando de assunto. — Uma vez que não queres ser ninguém, como dizes, ao menos devias entrar para a imprensa, que diabo! — ser diretor da opinião.

— Estou grande e velho demais para engatinhar. As minhas articulações estão muito duras. Já me disseram que é artritismo...

— Ora essa! E engatinhar para quê?

— É que na imprensa só se penetra de gatinhas. O culto dos sagrados órgãos da Opinião Pública é incompatível com a posição vertical, meus amigos.

— É terrível este Juvenal! — comentavam os amigos vencidos em toda a linha.

— Que querem? Eu às vezes até acredito na influência que a alimentação exerce sobre o caráter. Sim, porque a que ela exerce sobre o físico, essa é inegável.

E numa tirada final:

— Olhem, qual de vocês comeu *içás* torradinhos, em café com leite?

Os amigos, esquecidos talvez das diabruras da infância, cuspiam enojados e respondiam:

— Eu não, eu não; Deus me livre!

— Pois, meus amigos, eu comi muitos quando era pequeno e morava ali no largo da Forca, que é hoje o da Liberdade. E acredito que eles influíram muito sobre a minha constituição moral. Hei de consultar o dr. Gustavo da Luz, o nosso enciclopédico sábio, que é mestre em deduções e generalizações. Estou certo de que ele há de resolver o *caso* do meu caráter.

Era assim o Juvenal Paulista.

V.
ENSEMBLE

Chegou a nossa vez: — entrai em cena,
Ó geniais intérpretes modernos!
E pensarmos que a morte... Oh! grande pena!
— Tais atores deviam ser eternos.
    J. A.

Na sala da frente de um primeiro andar, à rua de S. Bento, achavam-se reunidos alguns cavalheiros, que palestravam.

Eram cinco ou seis, e entre eles estava também o Juvenal Leme, já nosso conhecido, que conversava animadamente com o mais velho do grupo.

— Eu entendo, doutor, que é indispensável haver uma reação. A maioria do povo miúdo grita contra a carestia da vida, e eu acho que ela tem razão, porque nunca se viu uma cousa assim. Não há casas para alugar... Veja que o *Diario Popular* não traz mais aquele antigo e longo rosário de *aluga-se... aluga-se...* e quando aparece alguma casa vaga, são inúmeros os pretendentes, que se digladiam numa terrível luta de concorrência quanto ao preço dos aluguéis. Por quê? Será porque é grande a afluência de povo para a capital, ou porque as demolições têm diminuído muito o número das casas de moradia? Mas, que diabo! a média das construções dá mais de dez casas por dia... Não entendo. Só o que sei, o que todos nós sabemos, é que cada metro de terreno custa os olhos da cara, e que se têm feito fortunas com a venda de lotes de terra que há cinco anos não valiam nem a vigésima parte dos preços de hoje.

E o seu interlocutor, que era o conhecido médico dr. Gustavo da Luz, respondeu pausadamente, com o seu sotaque de velho paulista:

— São as consequências do progresso, não há dúvida alguma. O futuro do Brasil está no Sul, reside em S. Paulo, e só o não prevê quem não tem o hábito de meditar sobre as cousas que nos cercam. Mas, se é facto que todos se queixam, por outro lado há uma classe que prospera a olhos vistos: — é essa chusma de congregados e congregadas, expulsos de diversos países da Europa, que para aqui têm vindo em grandes levas e que aqui exploram livre e folgadamente a indústria educativa. Adquirem terrenos a preços elevados e constroem casarões antiestéticos; compram boas casas de quem precisa vendê-las e aumentam-nas sem respeito ao estilo inicial... Isto aqui, para eles, é o verdadeiro País de Cocagne ou, antes, o verdadeiro Eldorado. E... como arranjam tantos recursos? Pedem como cegos à porta das igrejas, bajulam como políticos militantes, mentem como jornalistas venais, exploram escandalosamente a vaidade dos papalvos abastados, e por fim, quando se instalam bem, tornam-se insolentes para com os humildes como todos os *arrivistas*... Sim, porque eles, em última análise, não passam de simples *arrivistas*. Ah! meus amigos, essa pacífica invasão de hábitos e roupetas é um temeroso problema que o Brasil tem de resolver no futuro. Para mim acho que ele é muito mais importante do que as pretendidas tentativas de germanização no Sul do nosso país, embora o nosso povo seja refratário a fanatismos religiosos. Mas as primeiras impressões gravam sempre muito fundo. Ora, eles estão com a infância e a juventude sob o seu domínio quase absoluto. Empunham a cera para amoldá-la à sua feição...

Fez uma pausa mais longa, afrouxou um cigarro de palha, acendeu-o e continuou:

— E enquanto essa corja prospera e engorda, o professorado público, sem incentivo algum que o anime na tarefa ingente de preparar as novas gerações, vai definhando, esmagado pelas exigências dos programas organizados sem respeito às normas pedagógicas, e privado de remunerações suficientes para a manutenção do seu decoro e da sua relativa independência.

Pouco a pouco, atraídos pela sua cativante exposição de motivos, os outros presentes foram se aproximando em redor dele.

— E querem os senhores saber qual o remédio para este estado de cousas? É uma reação familiar, meus amigos. Quando as mães compreenderem que a educação caseira dos filhos, e principalmente das filhas, é a sua principal missão no mundo; quando os pais se convencerem de que são iniludíveis as suas responsabilidades paternas, a mudança será radical. Que é que vemos hoje? Os pais em geral acham que os filhos são embaraços para a satisfação dos seus prazeres mundanos. Os homens, preocupados com a ideia fixa de enriquecerem cada vez mais, não pensam seriamente nos filhos. Deixam-nos crescer quase à lei da natureza. As mães, vítimas da mais aguda exibicionite excitada constantemente pela influência parisiense, não amamentam e quase nem acariciam os filhinhos. Entregam-nos aos mercenários cuidados de amas sem seleção alguma, e quando eles estão mais crescidos e se tornam mais estorvantes... *zás!* colégio com eles. Aí têm os senhores o segredo da prosperidade dos internatos em geral e particularmente dos internatos com cheiro de santidade.

Eram duas horas da tarde quando a palestra se generalizou.

— Já vai ficando tarde, s.nr Silveira, e os companheiros ainda não estão todos. Ah! Sim, podemos contar com o dr. Leivas Gomes, disse Juvenal.

— E com o Rossi também, acrescentou outro circunstante. Já tenho a adesão dele.

— Vamos indo muito bem, disse o Silveira, correndo os olhos por uma folha de papel que estava sobre a mesa.

E lendo alto:

— Coronel Rogerio Lopes, dr. J. Lopes Netto, dr. Orthépio Gama, dr. Archanjo Barreto, dr. Gustavo da Luz, comendador Julio Marcondes, Juvenal de Faria Leme, Jeronymo de Magalhães... Nove, já, comigo; número suficiente e com sobra para a constituição legal da sociedade anônima. E agora devemos acrescentar mais...

Curvou-se sobre a mesa e, escrevendo:

— Dr. Leivas Gomes, Rossi... É Alexandre Rossi...

E voltando-se para os circunstantes:

— E o coronel Rogerio que ainda não veio, hein?!... Já estamos seis presentes... podíamos ir começando.

Começar o quê? Qual era o objetivo dessa reunião de pessoas e de nomes?

Tratava-se da fundação de uma sociedade mútua, cujo fim seria instituir uma pensão para os mutuários durante vinte anos, e um pecúlio de trinta contos de réis pagável, por morte do instituidor, aos seus beneficiários.

Não tinha sido, pois, o acaso que ali reunira aqueles cavalheiros.

Fora uma ideia sugerida pelo Silveira no Internacional, durante uma partida de *poker* a dez mil-réis o tento.

É assombroso, simplesmente assombroso, o incremento da mutualidade em S. Paulo, nestes últimos cinco anos! Verdadeira mutuomania!

Numa das suas crônicas para um jornal do interior, Juvenal Paulista já dissera que S. Paulo é a pátria adotiva do café, dos viadutos, das sociedades *mútuas* e das caixas de pensões vitalícias.

Por isso não era de admirar que ele agora ali estivesse como fundador de uma nova *mútua*.

E os outros? Quem eram os outros fundadores, congregados em torno da ideia do Silveira?

Há por aí muitas comanditas dessa espécie, constituídas por meia dúzia de trampolineiros, que assaltam impiedosamente a bolsa dos incautos, sob a direção *in nomine* de dois ou três *medalhões*. Mas essa pecha não podia caber à nascente associação, cujos fundadores e futuros responsáveis, todos, tinham o que perder.

O mais velho dos presentes, por exemplo, era um dos médicos mais notáveis de S. Paulo. A sua rendosa clínica, que o procurava de todos os pontos do estado, era a base da sua prosperidade econômica.

Além disso, o dr. Gustavo da Luz era um sábio tão notável pela mirabolância do seu estilo hiperbólico como pela sua extraordinária facilidade de generalizar. As suas descobertas científicas em todos os departamentos do saber humano, tinham lhe granjeado a fama de enciclopédico a que já se referira o Juvenal. Era, porém, um especialista em medicina, em agronomia e em zootecnia.

Tão facilmente e tão cientificamente discutia e aconselhava processos de reprodução pecuária, ou ensinava que as árvores desarraigadas pelo vento podem arraigar-se de novo em virtude de outro vento contrário, como abria a bisturi as entranhas de qualquer enfermo, para atingir um abcesso interno ou para arrancar de lá de dentro qualquer corpo estranho.

Era extraordinário!

Há poucos anos, estudando a natural energia dos tatus e dos tamanduás, descobriu que essa admirável força era uma consequência da exclusiva alimentação desses bicharocos que esburacam os nossos campos.

Ora, como esses animais se alimentam somente de formigas, o dr. Gustavo da Luz, com aquela admirável faculdade de generalizar que lhe é própria, recuando ante a franca preconização das formigas como alimento humano, começou a recomendar o uso de preparados farmacêuticos, cuja base fosse o ácido fórmico extraído quimicamente daqueles ecônomos insetos.

Foi um verdadeiro delírio de formiatos! Havia-os de todas as espécies, de todas as cores e de todos os preços.

Mas... tudo passa, e os formiatos ficaram tão desacreditados como qualquer negociante falido fraudulentamente.

Não desanimou o dr. Gustavo, porque, em ciência, a sua versatilidade era tão proverbial como a sua profundeza. Nunca foi conservador em cousa alguma, o que é deveras para causar espanto, tratando-se de um homem como ele que contava muito mais de cinquenta anos.

Então, começou a estudar o poder saltitante das pulgas.

— Pois se as pulgas, que se alimentam exclusivamente de sangue quente — pensava ele, — dão cada salto que nos envergonha e fere o orgulho de reis da criação, é evidente que, se nos alimentarmos de sangue quente, daremos saltos correspondentes a trezentas ou quatrocentas vezes a nossa altura.

Depois, sabido como é que para essas arrojadas exploradoras da geografia humana não há mistérios somáticos, e provado como está que a imagem fica impressa para sempre na retina do animal que morre violentamente, o dr. Gustavo sugeriu que se aproveitassem os olhos delas para impressionarem chapas fotográficas...

Pena é que ainda se não tivesse aproveitado a genial sugestão!

Que gáudio para a nossa curiosidade, se conseguíssemos tais fotografias, hein!

Agora, acaba ele de descobrir raças nacionais de bovídeos. É outra maravilhosa descoberta como as anteriores, mas não tão clara, porque o sábio esqueceu-se de classificar cientificamente essas raças.

Fica-se, por exemplo, em dúvida se se trata do *Bos domesticus*, do *Bos matrimoniatus* ou de quaisquer outros *Bos* mais ou menos *mochos* fisicamente, embora moralmente sejam armados de grandes e terríveis paus do ar. É certo que possuímos grande variedade de bovídeos, mas faltava-nos a palavra consagrada do mestre para ratificar essa certeza.

Ela cá está com todos os seus floreios e habituais refulgências, de modo que, pelo sim, pelo não, é conveniente que nos acautelemos contra qualquer possível investida desses nem sempre pacíficos mamíferos.

Está apresentado o dr. Gustavo da Luz, que, além de muito sábio, era também muito rico.

Agora, temos o dr. Archanjo Barreto. Este era uma das mais sólidas fortunas de S. Paulo.

Não gostava de ostentações, porque a natureza não lhe tinha sido pródiga nem no físico, nem no intelectual.

Era hereditariamente rico, embora ainda viva alguém que se lembre da sua pobreza quando ele tinha quinze ou vinte anos.

Apesar dos seus atuais cinquenta e pico, era muito ingênuo. Certo dia, ou, antes, certa noite, querendo verificar *de visu* se uma das suas pensionistas por cartas semanais, era, de facto, pessoa necessitada, dirigiu-se até a casa dela. Quando se aproximou da porta, viu, com grande espanto, que lá dentro havia um baile em regra...

O Araujo Reis, num dos seus epigramáticos epitáfios disse — que ele não usava guarda-chuva só para não abrir a mão.

Gosto de caluniar, simplesmente.

O dr. Archanjo não era tão *vinagre* assim.

Era, porém, de notável esquisitice em matéria de curso forçado do papel-moeda. Ficava indignado quando alguém não lhe queria aceitar uma cédula sob a alegação de que ela era falsa.

— É muito boa! Pois eu aceitei-a, por que é que você não há de aceitá-la também? — interrogava.

E terminava, resmungando:

— Quem sabe se você é melhor do que eu?...

Como todo o rico que se preza, embora fosse inimigo do jogo, era sócio de um dos melhores *Clubs* do Triângulo, e frequentava-o assiduamente para ouvir falar mal da vida alheia, para tomar café e para carregar nos bolsos do paletó todos os sabonetes que lá dentro encontrava à mão.

Um dos criados do *Club* chegou a dizer que ele também carregava pacotes de papel higiênico Mikado, mas isso nunca se averiguou ao certo. A sua fortuna hereditária, bem colocada em rendosas indústrias, em prédios e em ações da Paulista e da Mogiana, aumentava de ano para ano e cada vez mais se consolidava.

———

Jeronymo de Magalhães aparecera em S. Paulo quando o dr. Sampaio Ferraz exercia o cargo de chefe de polícia na Capital Federal.

Dizia-se que ele era um dos *capoeiras* foragidos à perseguição daquele enérgico funcionário. Talvez simples boatos, que naqueles agitados tempos fervilhavam por todos os cantos.

Chegado aqui, entreteve logo relações muito íntimas com uma daquelas mulheres que na finada rua da Esperança vendiam bilhetes de excursão, a preços reduzidos, para a viagem a Citera.

Ora, sucedeu que essa respeitável funcionária pública (independente de nomeação oficial e de fiança), não podendo contribuir legalmente para o montepio dos servidores do estado, tivera a previdência de acumular alguns contos de réis amealhados pacientemente a cinco mil-réis de cada vez; e Magalhães, por artes de berliques e berloques, conseguiu dela que lhos emprestasse. Com esses recursos, abriu uma loja de *camas* e *colchões* para fazer *pendant* paulista ao célebre Corsário carioca de escandalosíssima memória.

O negócio, porém, que não era dos melhores, correu mal, e a credora prestamista ameaçou requerer a falência do devedor.

A vida, bem entendida, é uma contínua transigência; e eles, devedor e credora, convieram amigavelmente numa *concordata*, cujos termos haviam escapado ao legislador imprevidente.

De acordo, pois, com essa originalíssima *concordata*, a credora abria mão dos seus direitos, se o devedor lhe aceitasse essa mesma mão à face do altar, coberta pela estola sacerdotal, aspergida de água benta e envolta no *conjugo vobis* do rito.

Dito e feito.

A desejada homologação não só foi uma prova da resistência do estômago moral de Magalhães, mas ainda lhe serviu de *mascotte*.

Acabou-se o negócio das camas e colchões, mas daí em diante vieram muitos outros negócios melhores, muitos prédios que dão boa renda, muitos lucros que se foram acumulando, muito crédito; em suma, muita riqueza e muita consideração.

Silveira, o Adelino Silveira, era atualmente o herdeiro presuntivo da quarta parte da fortuna do sogro, que orçava em três mil contos, segundo o cálculo feito na praça por pessoas entendidas do assunto. Eram quase desnecessárias outras credenciais para acreditá-lo junto à opinião dos seus companheiros de agora.

Diga-se, porém, em abono da sua habilidade, que ele conseguira atingir de salto esse estádio atual da sua posição econômica, porque, — de simples *farol* de hotel, que foi, — passou a brilhar no meio de uma sociedade culta e rica.

A sua ideia de fundar a nova *mútua* deve ser justamente considerada como outra prova dessa mesma habilidade.

E se a arte de descobrir um sogro rico e conservar-se perenemente nas boas graças da sogra, é cousa que se possa equiparar ao exercício de uma profissão, forçoso é reconhecer que ele era um artista consciencioso encastoado no mais perito e probo profissional.

O comendador Julio Marcondes era genuíno paulista de Caçapava, e descendia de Aimbiré e do sargento-mor Marcondes, — uma das testemunhas de outiva do histórico Grito do Ipiranga.

Filho de pais pobres, e não tendo inteligência notável, não pôde bacharelar-se como todo o paulista que se preza, — e esse era o seu mais profundo desgosto.

As contingências da vida empurraram-no para a carreira comercial, onde vegetou alguns anos, mas aproveitou nas horas vagas alguns dos seus naturais pendores.

Nesse tempo não havia o Casino, nem automóveis, nem cinemas.

Os rapazes, ou apodreciam na pasmaceira provinciana do largo do Rosário, ou recolhiam-se cedo aos seus quartos de solteiros para estudarem alguma cousa.

Julio, que era então refratário à exibição do seu corpo mal encadernado, ou ficava em casa estudando e escrevendo, ou frequentava outros colegas que tinham os seus mesmos gostos.

Fundou uma pequena revista para ter campo onde pastassem os seus pensamentos, e nela publicou, entre outros escritos, a sua peça fantástica — *Nos domínios do jimbo*, cuja celebridade ficou adstrita aos vales do Tietê e do Paraitinga.

Considerava-se um dos membros da grande falange dos intelectuais brasileiros, que ele classificava muito comovidamente em *beletristas* e *cientistas*.

Um dia, quando se viu com vinte e cinco anos completos, entrou a pensar muito seriamente no seu futuro.

Não era rico; não pudera escrever uma obra que fizesse convergir para si as atenções dos seus contemporâneos; na sua profissão só havia de certo o ordenado que ele recebia pontualmente no fim do mês; não era nem ao menos bacharel... A cousa não ia bem.

Precisava de reagir contra as contingências que ameaçavam anulá-lo.

Casar-se com moça rica — fora a sua primeira ideia, que nada tinha de original, mas... enfim, sempre era uma ideia.

Toda a sua originalidade, porém, consistiu no modo de concretizá-la e pô-la em prática.

Primeiramente, abriu um rigoroso inquérito sobre todos os pais ricos de filhas solteiras e casadouras, que não professassem o fetichismo nacional dos *diplomas*, nem dos anéis que se enfiam nos dedos indicadores.

Foi uma laboriosa tarefa em que gastou seis longos meses sem resultado apreciável, porque só descobriu dois pais nessas condições, cujas filhas — uma era vesga, e outra coxa.

Mas não desistiu do seu intento, porque ele, que tinha lido as *Mil e uma noites*, entendia, e muito bem, que quem quer chegar ao fim deve ter a decisão da princesa Parizada.

Então, começou a organizar um cadastro muito curioso. Num livro em branco riscou algumas colunas, das quais, na primeira, inscrevia o nome do chefe da família a que ele fortuitamente se poderia ligar; na segunda, a residência desse chefe; na terceira, o nome da filha ou das filhas solteiras por ordem de idade (aparente, já se vê); na quarta, a impressão estética ou sentimental que essas moças lhe produziam; na quinta, o nome do filho ou dos filhos, solteiros, casados ou viúvos; na sexta, a ocupação ou profissão desses filhos; na sétima, o *quantum* mais ou menos aproximado da fortuna patrimonial que tocaria a cada filho; na oitava, o nome dos amigos ou colegas que também fossem amigos do pai das moças, e na nona, finalmente, diversas observações referentes ao assunto que para ele era da magna importância.

Este método admirável era uma consequência do seu tirocínio em escritórios comerciais, onde tudo se faz com muita ordem, muita clareza e muita precisão.

Foram outros seis meses gastos com esse trabalho cadastral, mas ficou uma obra completa e limpa.

Assim, depois de pronta, toda a sua atenção convergiu para a décima inscrição, que continha os seguintes dados:

Primeira coluna: { C.el Mariano Soares. / Proprietário e industrial.

Segunda coluna: { Rua das Palmeiras n.º 512. / D. Arminda.

Terceira coluna: { D. Izaura. / Nem simpática nem antipática.

Quarta coluna: { Graciosa. / José, solteiro.

Quinta coluna: { Mario, solteiro. / Estudante, sem pretensões.

Sexta coluna: { Menino de escola-modelo. / Quatrocentos a quinhentos contos.

Sétima coluna: { Virgilio Braga. / É o melhor pistolão.

Oitava coluna: { A mãe parece boa senhora.
Tem mais uma filha casada com negociante.

Nona coluna: { Parece que o velho não faz muita questão de *doutores* na família.
Minha irmã dá-se com as moças. Baile... ou quermesse?
Para indagar sábado.

Na primeira quermesse que houve no Jardim da Luz, auxiliado pelos bons ofícios de sua irmã, veio à fala com a d. Arminda, e daí a dois meses estava o s.^{nr} Virgilio Braga a pedir ao s.^{nr} c.^{el} Mariano Soares a "mão de sua ex.^{ma} filha d. Arminda para o seu amigo Julio Marcondes, moço pobre, porém muito trabalhador, honesto, inteligente e cumpridor dos seus deveres".

O pedido foi aceito, como era natural, e Julio Marcondes, depois de bem instalado na vida, ainda escreveu alguma cousa sobre a nossa história, ficando comicamente célebre o seu opúsculo em que pretendeu provar que um dos presidentes da República chegara a essa alta posição em virtude de ter o nariz disposto de certo modo.

Estava escrito que ele não podia progredir artisticamente.

Pois havia de progredir socialmente.

Depois de casado, tornou-se monarquista ostensivo, e não podia dominar a sua paixão pelos penduricalhos.

Influências atávicas de Aimbiré ou do sargento-mor Marcondes?

É provável que de ambos.

Pois bem! O papa, que sabe reconhecer os relevantes serviços prestados à Igreja sob a forma de pingues donativos, recompensou-o com a Comenda da Boa Morte e com indulgências plenárias até a quinta geração.

Satisfeita essa sua inofensiva vaidadezinha, não adormeceu sobre os loiros da vitória.

Trabalha muito, cuida bem dos filhos que não são poucos, vive, goza, ostenta comedimente, mas tem ainda três *desiderata* a realizar. O primeiro é o seu gigantesco projeto de transformar a Várzea do Carmo num estabelecimento de diversões tão variadas e tão completas, que uma pessoa, entrando nele, não precise sair para cousa alguma senão para ser enterrada. O segundo é bater o *record* na aquisição das gravatas mais caras que aparecem no mercado. E o terceiro, é ser diretor de todas as *mútuas* que houver em S. Paulo.

E há de realizá-los.

A questão é só de tempo.

Agora, já era diretor de três...

Eram quase duas e meia quando entraram o c.el Rogerio Lopes, seu filho dr. Zezinho Lopes e o dr. Orthépio Gama.

Este último justificou a sua demora com a sessão da Câmara, que se prolongara muito por causa de um projeto sobre a introdução de animais de raça. Uma maçada!...

Era deputado, francófilo, quarenta e poucos anos, casado com *madame* e residia numa bela vivenda em Higienópolis, cuja adega, bem sortida de raros vinhos, entre os quais o sublime Taphos figurava como principal elemento decorativo, era mostrada aos visitantes, que nela penetravam recolhidos e contritos como se entrassem nas catacumbas de um templo gótico.

Na impossibilidade física e intelectual de exercer as civilizadoras funções de Petrônio, o Árbitro das elegâncias paulistas, comprazia-se em ser o caricato Trimalcião dos campos de Piratininga.

A sua francolatria ia ao ponto de escrever correntemente a língua de Racine, e em casa, com a mulher, com os filhos e com os fâmulos, só falava nessa língua, nasalizando horrivelmente os ditongos e arrastando lamentavelmente os *rr*.

Para ele, sua mulher era a *Ninón* e os criados fardados eram *garrrçon* e *chasseurrr*.

Literato por *diletantismo* e poeta nas horas de ócio, preferia versejar em francês, e então assinava as suas poesias com o pseudônimo de *Jean d'Anvers*.

Do seu simbólico poema — *Les Fourmilions* — ficaram justamente célebres estes dois belíssimos versos:

Les fourmis noires sont blanches,
Les fourmis blanches sont noires...

Adorável!

Adorável e... rico.

O coronel Rogerio correu os olhos pelos móveis da sala, como quem procura alguma cousa, e perguntou:

— Não haverá uma escova nesta casa? Está uma poeira impossível!... Eu não sei por que é que esta gente da Câmara não manda regar as ruas pelo menos três vezes ao dia. E, então, a avenida Luís Antônio!... Eu acho que o prefeito está com cataratas. Isto precisa ter um paradeiro!... A polícia, essa só se lembra de nós para nos aborrecer quando vamos de automóvel um pouco mais apressados. Sim... porque, afinal, quem é que paga tudo? Somos nós, só nós. A maioria do povo é que goza à nossa custa. Canalhada!... Que será que esses pestes fazem do nosso rico cobrinho?... Havemos de ser sempre os burros de carga dessa corja que se empoleira no poder, para esfolar os lavradores, que são a alma de todo o estado.

Morava na avenida Brigadeiro Luís Antônio em confortável palacete, que, um tanto pretensioso nas suas linhas arquitetônicas e bastante espalhafatoso nas suas tonalidades picturais, pousava triunfalmente no meio de bem tratados canteiros, cuja verdura e variedade de matizes mais ressaltavam na alvura do fino pedregulho que cobria as ruas do jardim, e das majestosas escadas de mármore que davam acesso ao primeiro pavimento.

No gradil da frente, obra notável de fundição estrangeira, assente sobre largo parapeito capeado de cantaria lavrada, algumas trepadeiras disputavam a primazia no emaranhado do desenho, e só os dois altos portões de duas pesadas folhas cada um, giravam debaixo das monumentais bandeiras, livres das fantasias vegetais.

Proprietário de uma grande fábrica de tecidos, fazendeiro de café em Descalvado e sócio de importante casa comissária em Santos, fora candidato a um alto cargo de eleição; mas à última hora, depois de já ter gasto muito dinheiro com a sua candidatura, os seus amigos políticos sacrificaram a sua veleidade em virtude de interesses muito elevados e motivos muito ponderosos. Daí o seu natural despeito, que agora extravasava em catilinárias verbais contra os dirigentes. Mas só verbais, porque, quanto às escritas, era uma lástima: — ou não as escrevia, ou quando as assinava de cruz, era uma verdadeira epidemia de riso em todos que as liam.

Tinha mais de sessenta anos e um só filho, o dr. Zezinho, que entrara com ele.

Este contava pouco mais de vinte e três anos e estava casado há pouco menos de dois. Era *bacharel* em direito, mas não advogava. Formara-se porque o pai queria que o seu único filho fosse *doutor* para honra da família.

De há muito que o dr. Zezinho vinha pondo em prática essa honra, porque — não advogava, frequentava regularmente o Casino e, alta noite, era assíduo frequentador dessas *pensões* que não têm hora de fechar, e cujos dormitórios têm as portas tão fracas que cedem facilmente e prontamente a qualquer chave, desde que esta se apresente sob a forma de uma nota de cem mil-réis...

Quando estudante, o seu aproveitamento foi sempre negativo no que dizia respeito ao conteúdo dos compêndios — esses horrendos *calhamaços!* — como ele pitorescamente os designava, trocando o *-lh-* por *-i-*; de sorte que o pai, por ocasião dos exames, não se podia esquecer dos amigos que eram das relações dos lentes e examinadores. Uma cartinha deste, um cartãozinho daquele, um pedidozinho verbal daqueloutro, eram os degraus da escada por onde Zezinho subia aos píncaros do saber oficial.

E chegou a subir, porque os lentes e examinadores ficavam muito comovidos quando os *empenhos* lhes provavam, com persuasivos exemplos, que *ninguém deve dar socos em faca de ponta.*

Zezinho, porém, em duas cousas, aproveitava positivamente a olhos vistos: — era no vestir com apuro e no esbanjar o cobre do velho.

Como a segunda não era tão ostensiva quanto a primeira, alguns dos seus colegas mais ricos de intelecto e muito menos providos de recursos materiais, quando ele saiu da solenidade da colação de grau, murmuraram, ao vê-lo passar, todo glabro no rosto e todo correto na sua impecável casaca:

— Este é um ilustre *bacharel* em roupas!

Seria inveja? Olhem que a inveja, além de ser uma paixão vergonhosa, é um pecado mortal, senhores pobretões.

Agora, que o pai, mal-humorado não só pelo fracasso da sua candidatura, mas também por haver perdido, na noite passada, a insignificância de quatro contos à mesa do *poker* no *Club*, pensava, ele também, no descaso com que a administração pública trata o conforto dos grandes contribuintes. E vieram-lhe à mente curiosas ideias sociais, enquanto o pai raivosamente escovava as vestes empoeiradas...

Entrara para casa depois das duas horas da madrugada e não pudera quase dormir, porque, quando ia pegar no sono, principiou o movimento dos bondes e das carroças, que faziam um barulho infernal.

Então, pensava ele que se devia acabar com os bondes elétricos, com os carros de praça e com as carroças. Pois não estão aí os automóveis, cujo número aumenta de dia para dia? Até os há já para cargas. E então quando ficarem mais baratos, hein?! Há de ser o mesmo que aconteceu com as bicicletas. Qualquer pé-rapado há de ter o seu automovelzinho.

Lá pela poeira, isso não; porque os automóveis ainda levantam mais pó do que os outros veículos, e até fazem mais barulho, quando os motores roncam e as trompas gritam.

Também deixam atrás de si um fétido horrível de gasolina queimada, e sujam as ruas com óleo esverdeado, mas... é distinto, é *chic* andar-se de automóvel.

Oh! Um 40 HP é soberbo! Depois, quem anda dentro deles não fica sujo pela poeira, nem sente o mau cheiro da rabeira...

Os que vão fora, à pata, que se arranjem, ora essa é muito boa!...

E a Prefeitura que mande regar as ruas muitas vezes por dia, como diz papai, ou que mande calçar as ruas de borracha. Pois então?! de borracha, sim, senhores, que, além de não fazer poeira nem barulho, ainda dará largo consumo a essa riqueza do Norte do Brasil, que por sinal, está em crise como o nosso café. Pois, sim, senhores; aqui está uma ideia original! Mais uma futura aplicação da borracha, que pode ser de grande futuro. Hei de falar dela ao Juvenal, que tem a pretensão de ser o rapaz mais original da nossa roda.

Acendeu um cigarro, veio à sacada olhar para baixo, onde uma fila de bondes parados esperava que cessasse a costumada obstrução de veículos nos Quatro Cantos, e esses veículos ainda forneceram mais pábulo às suas ideias:

— Os bondes elétricos vieram tornar mais suave o trabalho dos burros... É verdade: — já se pode ser burro em S. Paulo, pois até há bebedouros para eles nas praças públicas. Ali mesmo, no largo de S. Francisco, às portas da Academia, existe um... Que sábia previdência! Que providência salutar! Quanto burro antes disso não sofria sede?!... Agora não; todos bebem à vontade. Ah! Se os burros falassem, é bem possível que algum que por aqui viesse de passeio, ao ver tantos melhoramentos para a sua classe, exclamasse, parodiando a celebérrima Sarah Bernhardt:

— S. Paulo é o paraíso dos burros!...

Pois bem; os automóveis hão de substituir os bondes, e assim as nossas ruas e avenidas ficarão limpas dessa floresta de postes-mostrengos, e o ar ficará varrido dessa barafunda de fios que cobrem a cidade como se fosse uma gigantesca teia de aranha...

Um dia meteu-se-lhe na cabeça que havia de seduzir a esposa do seu colega Augusto Fiusa.

Esta senhora era o protótipo da fidelidade conjugal, — qualidade, felizmente, muito comum nas senhoras paulistanas que se não deixam escravizar incondicionalmente pelas modas parisienses.

Formosa, inteligente e vivaz, tinha verdadeira paixão pelo marido, que, aliás, era digno dela.

Espírito observador e profundamente intuitivo, bem cedo compreendeu a capital diferença que há entre o simples desejo e o verdadeiro amor. Deste, sabia por experiência própria que é um sentimento capaz de produzir os mais belos atos de heroísmo e de abnegação, mas não ignorava que o desejo, paixão animal por excelência, também tinha a virtude de cobrir de ridículo todos os seus dominados.

E então, como gostava de rir, porque entendia que o riso franco e são é tão indispensável à vida como o oxigênio ao sangue, deixava-se embalar nas doçuras do *flirt*, para apreciar *de visu* todo o grotesco de que os homens mulherengos são capazes.

Mas ele, o Zezinho, conhecia tantos exemplos em que estribar a sua pretensão, que muito longe estava de julgá-la estulta.

Ainda lhe estavam bem presentes as ideias que Juvenal, um dia, numa das suas tiradas irônicas, lhe expusera sobre a atual epidemia dos adultérios...

Recordava-se perfeitamente de que ele dissera que devíamos ser tolerantes e complacentes para com as mulheres casadas que escorregam. Coitadas! São vítimas do atual *esportismo*... Uns correm loucamente em automóveis, para baterem o *record* da velocidade... Outros ainda mais loucamente sobem ao ar em aeroplanos ou dirigíveis, para baterem o *record* da altura... Estes estropiam horrivelmente o corpo com o abuso do *football* ou do *box*, para baterem o *record* da agilidade ou da força... Aqueles equiparam-se estupidamente aos animais de corridas, para baterem o *record* da distância...

Todos querem bater o *record* seja lá do que for.

Ora, se muitas mulheres já conseguiram bater o *record* da *postiçagem*, que admira que elas, depois disso, pensem também no *sport* do adultério?...

O excesso dos postiços que elas usam leva-as naturalmente às afeições postiças, e então atiram-se de corpo e alma à caça do novo *sport*, para baterem o novo *record*... É tão bonito andar bem-vestida e cheia de joias, como essas *demoiselles* que passam escandalosamente pelo Triângulo em automóveis abertos; que vão à Antarctica estadear o seu luxo e a sua falta de decoro, ou que enchem as frisas e camarotes de primeira ordem com as suas sedas, as suas peles e as suas fulgurantes penas... de *pato*.

Oh! Era muito boa aquela do Juvenal dizer que cada joia que fulge no corpo dessas perpétuas solteiras, é uma preciosa pena de pato. E como há *patos* depenados por aí!...

E, depois... não está aí o providencial *jogo do bicho* para servir de capa a todas as inverossímeis patifarias extraconjugais?!...

E ele, na sua cegueira de conquistador bisonho, tomava como boas as trocistas ideias de Juvenal, e fazia delas o seu Evangelho de D. João provinciano.

E foi o caso que ele de tal modo apertou o cerco, que a assediada não achou outro remédio senão dar o grito de alarme, prevenindo o marido. Este, que também era franco partidário das boas e inofensivas troças, disse à esposa que abrisse a brecha e que aparentasse uma capitulação em regra.

No dia aprazado para o desfraldamento da bandeira branca, o assaltante, impando de másculo orgulho, penetra na praça; mas no momento em que os beligerantes parlamentavam, surge o dr. Fiusa de revólver em punho, acolitado por dois respeitáveis marmanjos de feias cataduras e de grossas *piúvas* em punho, que guardavam religiosamente a porta de entrada.

E o dr. Fiusa, muito jovial, muito tranquilo, cumprimentou ligeiramente o seu colega dr. Zezinho, e dirigindo-se à esposa:

— Ó Zizinha; já mandaste chamar o lavador de casas?

— Ainda não, Augusto.

— Bem. Visto que hoje é sábado e o nosso telefone está imprestável como sempre, vamos aproveitar os bons serviços aqui do senhor...

E dirigindo a palavra ao dr. Zezinho:

— Vamos lá, que está com muita sorte hoje. Vai ganhar os seus cinco mil-reisinhos, hein, seu maganão?!

E o dr. Zezinho lavou toda a casa do seu colega, recebeu cinco mil-réis pelo seu trabalho e passou recibo, cuja firma o dr. Fiusa teve o cuidado de mandar reconhecer.

A notícia desse sucesso foi como se tivesse caído um raio na casa do coronel Rogerio.

E daí a um mês estava o dr. Zezinho casado com uma prima.

Ele ainda quis recalcitrar:

— Mas... papai! Eu não tenho inclinação alguma por ela, e creio que ela também não gosta de mim. Será um horror! Um casamento sem amor algum de parte a parte...

— Qual amor, qual carapuça! retorquiu o enérgico coronel. Isso é bom para as costureirinhas ou para as engomadeiras, que perdem a cabeça e até se suicidam, às vezes, por qualquer barbeirinho de pastinhas ou por qualquer caixeiro de bigodinho em pé. Nós não temos tempo para isso de amor... Não seja criança e faça o que lhe digo, se não quer que alguém ainda o mande lavar... casinhas. Veja lá se é para isso que você tem uma carta, hein?!...

Que remédio? Casar e... cara alegre.

Quanto ao amor... isso era cousa para resolver no Casino ou nas *pensões* de luxo.

O coronel Rogerio já tinha escovado a roupa, e agora entrara no assunto da reunião:

— Então quantos somos já, s.^{nr} Silveira?

— Por enquanto somos onze, coronel. Olhe, faça o favor de ler a lista...

— Sim, senhor; vamos bem, vamos bem.

E lendo a lista, exclamou:

— Oh! O Alexandre Rossi também?... Então a cousa vai adiante.

O Alexandre Rossi era um belo tipo de latino cruzado com saxônio e semita. O seu exterior tinha qualquer cousa de rebarbativo, mas no moral é que se manifestava a beleza resultante daquele tríplice cruzamento.

Viera da Itália com o firme propósito não de *fazer a América*, mas de *gozar a América*, que é cousa muito diferente.

Era um dos tais que também pretraçara a sua directriz...

Técnico inteligente, faltavam-lhe, porém, os suficientes elementos materiais para a realização dos seus planos.

Mas o meio era propício à eclosão da sementeira.

A nossa terra é e será por muito tempo ainda o melhor terreno para toda a espécie de cultura.

A primeira semente que Rossi atirou numa larga jogada caiu nos olhos de uma sua patrícia que aqui residia, e daí foi descendo paulatinamente até ao coração, onde germinou, cresceu e floriu sob a forma desse irreprimível sentimento que é o amor.

Era uma bela mulher, pobre de dote mas riquíssima de paixões. Sobre todas, porém, dominava a paixão do luxo.

Casaram-se.

Conhecedor da paixão que predominava em sua mulher, vestiu-a e adornou-a admiravelmente, embora para isso fizesse grandes sacrifícios e contraísse mesmo alguns empréstimos.

Mas tudo isso estava previsto: — era um dos aspectos da sua sementeira.

E a mulher, assim encadernada, exibida em público nos lugares de mais evidência, produziu profunda impressão no espírito dos *mirones*, que não podem ver uma mulher vistosa sem indagarem logo dos respectivos antecedentes e consequentes.

Era a semente a germinar. Para Rossi, que conhecia a psicologia dos meridionais em geral, tudo corria às mil maravilhas.

Nesse tempo o dr. Claro da Silva, que era deputado influente e filho de pessoa bem colocada na administração pública, havia se tornado célebre nas boas rodas pela sua nevrose erótica.

Logo que viu a mulher de Rossi, numa das noites em que ela deslumbrava toda a sala do Politeama, não se conteve e exclamou sem reserva alguma:

— Que esplêndida mulher! Hei de fazê-la entrar para o meu rol...

Estava formulado o pensamento volitivo.

Era o bastante, porque o começo da realização principia no ato do querer.

O ambiente agitou-se, e as ondas etéreas, postas em movimento pelo ato da vontade, fizeram vibrar simpaticamente o cérebro de Rossi.

O seu principal plano era estabelecer uma indústria, que só poderia desenvolver-se e prosperar à sombra do mais feroz protecionismo. Essa sombra era a condição *sine qua non* do êxito em perspectiva. Mas... como produzi-la? Onde encontrar a árvore frondosa que beneficamente a projetasse?

Só apelando para a influência de alguém, que a tivesse também nas classes dirigentes.

Mas veio a vibração, e... daí a dias Rossi pedia a um amigo que o apresentasse ao dr. Claro da Silva.

As conferências repetiram-se no escritório do dr. Claro, na residência de Rossi; e a sociedade industrial, dentro em pouco, foi uma realidade.

O talento técnico de Rossi, a plástica admirável de sua mulher, a influência do dr. Claro e a posição de seu pai, e, principalmente, a tal sombra tão desejada, — tudo contribuiu para o brilhante êxito da indústria.

Ao fim de quatro anos, quando Rossi não precisava mais de sócios *in utroque*, quando o dr. Claro já estava enfarado de tanta beleza plástica que definhava de dia para dia ou, antes, de noite para noite, foi este excluído da sociedade, da qual retirou o melhor de quinhentos contos de réis e conservou a grata recordação dos deliciosos momentos em que a sua nevrose se exerce entre o fluir de expressões ternas na doce língua de Stecchetti.

Rossi tinha chegado ao fim da directriz. Às vezes lançava um olhar retrospectivo, e via um ou outro filho cuja fisionomia lhe despertava reminiscências vagas de semelhanças extraconjugais; mas via também a sua mulher, que, depois de completamente saciada na sua paixão predominante, era agora tão honesta como qualquer polaca... aposentada.

E uma calma superior baixava sobre o seu espírito, quando o inventário dos seus haveres lhe falava na muda eloquência dos algarismos representativos de efeitos de positivo valor.

Que lhe importava a ele que outros seus compatriotas tivessem enriquecido com a introdução ou a passagem de notas falsas; com furtos no peso ou na medida; com falcatruas em vinhos ou em azeites?

Ele estava com a consciência tranquila, porque havia dotado a nossa terra com uma indústria de presente rendoso e de brilhantíssimo futuro.

E o coronel Rogerio, depois de ler todos os nomes, concluiu:

— Pois, para fecharmos a dúzia, aqui está a adesão do meu amigo, o barão de Athayde.

Era uma das poucas fortunas provindas da antiga exploração da escravatura, e que tinham resistido até agora ao providencial castigo da sua abjeta origem.

Quase sexagenário mas de uma extraordinária energia, ainda hoje, ao passar-lhe por perto qualquer negro calçado, de camisa engomada e gravata, ou qualquer negra dentro de uma saia *entravée*, barreada de pó de arroz e tresandando a *bodum*, cerra os dentes, torce o nariz, fuzilam-lhe os olhos, e resmunga:

— Ah! Peste! Quem te dera um bom cabo de guatambu, ou um belo *bacalhau* de cinco rabos!

Quando pequeno, montava de esporas nos escravos da fazenda paterna e fazia-os corcovear no terreiro sob as francas risadas da família, que à sombra do longo alpendre apreciava as suas precoces habilidades de cavaleiro.

— Que menino ativo! comentava o pai com a sua natural bonomia. Este há de ser alguma cousa.

E foi, isto é, e era.

Muito esmoler. Tinha a bossa do benefício, mas queria que todo o mundo soubesse das suas dádivas, para não estar sempre a alegá-las. Entendia que tornando-se públicas, evitavam-lhe a grande maçada de sobrecarregar a memória, que ele ocupava com outras cousas de maior vulto.

Possuía muitas casas de aluguel, e os seus inquilinos, que certamente não eram ricos, quando liam em qualquer jornal a notícia de um donativo feito pelo "benemérito barão de Athayde" para este ou para aquele fim, já sabiam o resultado. No mês seguinte o procurador aparecia-lhes muito cheio de mel na voz, de caspa na gola do paletó, os bolsos cheios de papéis ensebados, e avisava-os:

— O excelentíssimo senhor barão aumentou dez mil-réis no aluguel, a principiar do fim deste mês em diante...

O pai dele tinha sido profeta!

Era impossível reunir maior e melhor número de elementos pessoais, que contribuíssem para o completo êxito da nova empresa. Nem escolhidos a dedo.

Auferiram proventos? É possível. Mas — que diabo! — dinheiro parado não rende. É preciso estabelecer-se a circulação porque a circulação é a vida.

Além disso, essa gente precisava de qualquer ocupação, para não apodrecer no ócio dissolvente.

Discutiram o projeto de estatutos e assentaram que a associação teria o nome de MÚTUA UNIVERSAL.

— Agora, disse Silveira, só nos resta tratar de um ponto que eu considero muito importante. É o caso que a propaganda, nesta espécie de empresas, exige muito dispêndio de dinheiro. Ora, se nós pudermos arranjar quem entre com uma grande parte dessa propaganda, será ouro sobre azul.

— Bem lembrado, disse o coronel.

— Eu também acho, papai.
— Mas quem há de ser essa pessoa? interrogou o coronel. Já tem alguém em vista, s.^{nr} Silveira?
— Eu lembrei-me do dr. Araujo Reis que julgo um bom elemento sob todos os pontos de vista. Escreve muito bem, tem certa influência, etc...

Efetivamente, o dr. Araujo Reis era o mais completo exemplo vivo da perfeita conciliação de um peregrino talento com o caráter o mais abjeto.

Todos os seus atos, públicos ou privados, confirmavam a teoria filosófica de Le Bon.

Falando, era eloquente; mas escrevia muito melhor do que falava. Ninguém como ele sabia passar uma descompostura em língua escorreita de estrangeirismos, mas lardeada de tiradas causticantes de insólita malevolência ou esfuziantes de ferina e graciosa ironia. Único na espécie!

Poeta original, magro como um caniço, beberrão como uma esponja seca, femeeiro como um sátiro, — chegou a ser considerado o Verlaine brasileiro.

Depois de casado, o tecido adiposo desenvolveu-se-lhe na mesma proporção que a fortuna, de modo que ainda era o mesmo poeta, menos borracho, é verdade, mas forrado, agora, das enxúndias de *Falstaff*.

Maleável como a cera, instável como o ar, versátil como um cata-vento, escorregadio como uma enguia que nos escapa das mãos limpas; incapaz de corar porque não tinha a mínima noção do pundonor, — amoldava-se a todas as situações, em todas se sentia bem e de todas sabia tirar partido.

Tão raras aptidões numa só pessoa estavam a calhar para o moderno jornalismo. Aproveitou-as, fazendo-se jornalista.

A sua pena pôs-se logo ao serviço de quem mais e melhor lhe pagasse.

Mais venal do que qualquer marafona, mais insaciável do que um Pantagruel aurifaminto, para ele era indiferente que uma causa fosse justa ou que uma pessoa tivesse razão.

O essencial era saber se havia interessados e se estes estavam ou não dispostos a canalizarem para a caixa do seu jornal os elementos monetários com que ele ia forjar os seus argumentos *ad hominem*.

Certo dia, qualquer um dos interessados em certa causa, irritado por ele não querer continuar a defesa da mesma a título gracioso, confessou publicamente que lhe tinha comprado a anterior opinião... Veio o mundo abaixo! Entre outros argumentos com que se defendeu da pecha de venal, disse que no terreno das vergonhosas transações, tão vil é quem suborna como quem se deixa subornar, e que se o subornado afocinha em fétido lamaçal, arrasta consigo o subornador...

Era famoso o seu *Jornal*. Embora lá uma vez ou outra nele se lesse: "*O nacional fulano*, ontem, *foi preso...*" ou: "*A nacional sicrana, que estava embriagada...*", designações antipatrióticas e falsas, que dão a entender que todos os *nacionais* são pretos e mulatos, e que, infelizmente, são repetidas pelos cozinheiros dos *Factos diversos* da maioria da nossa imprensa, era ainda assim um jornal que podia ser lido com prazer por todos os amantes da pureza... léxica.

O resultado foi que dentro de cinco anos, o dr. Araujo Reis era o seu único proprietário e estava rico.

Era, pois, mais uma pessoa considerada e considerável, que podia ombrear com os fundadores da Mútua Universal.

Juvenal, ao ouvir a implícita proposta de Silveira, pensou para si:

— Assim, ficaremos treze. Quem será o Judas desta situação?

Mas tranquilizou-se, quando compreendeu que esse Judas não podia ser de modo algum o Araujo Reis, porque este, na nova associação, nada perderia, nem a vergonha, que era cousa que ele não possuía. E desde que a empresa desse algum resultado, podia-se contar com ele pela certa.

— Depois, há quem tenha muita fé no número 13. Veremos.

— Pois está muito bom, concluiu o coronel. E eu proponho que o s.^nr Silveira fique incumbido de se entender com o dr. Araujo Reis a respeito do assunto.

— Muito bem, — responderam todos.

E levantou-se a sessão.

VI.
INTERMEZZO

Delgado e breve qual um simples traço,
Aqui fica vibrando este intervalo.
J. A.

Entre o princípio e o fim há sempre um espaço:
— Bem feliz é quem sabe aproveitá-lo.
CONSELHEIRO ACÁCIO

Leivas Gomes não se podia consolar da falta de uma cadeira eletiva, em que repousasse o seu respeitável posterior.

Era, positivamente, uma vítima da paixão das cadeiras eletivas, paixão essa, aliás, muito menos perigosa do que a *peste de cadeira*, que tantos estragos produz por esse mundo afora.

E o facto é que ele podia aspirar a uma cadeira eletiva, porque, se a política o impedira de sentar-se entre os brasileiros imortais, essa mesma política poderia reservar-lhe um lugarzinho entre os Pais da Pátria. Para isso, confiava não só na tenacidade dos interesses pessoais e na versatilidade das opiniões do público, mas contava também com a influência da família de sua mulher e com a sua natural loquacidade.

Quantos há por aí que aspiram como ele, mas não podem dispor dos mesmos elementos constitutivos do êxito!... Depois, quando ocorre o desmoronamento dos seus projetos sem base, vociferam contra a irresistível força dos factos consumados. Tornam-se pessimistas, os coitados! e esquecem-se de que o mundo é dos otimistas.

Ora, sucedeu que, solicitado pelos meus amigos, ele partira, depois da fundação da *Mútua*, para o interior, onde a sua candidatura à deputação federal apresentava probabilidades de ser bem-sucedida, visto os seus antigos adversários terem se congraçado.

Nesse tempo estavam em moda os *congraçamentos*, essas complicadas transações da alta política, em que o principal elemento é o patriótico interesse da conservação do mandonismo local exercido por certas e determinadas pessoas, sempre as mesmas.

Andou por lá quase dois meses, e os boletins eleitorais, publicados pela imprensa da capital, davam-lhe votação suficiente para poder considerar-se eleito.

Mas, apesar da apuração ter sido feita com todas as formalidades legais intrínsecas e extrínsecas, no Congresso Federal a *Comissão de Reconhecimento* entendeu em sua alta sabedoria que essa apuração era passível de uma depuração.

Transcendentes razões que não estão ao alcance dos leigos em peloticas, isto é, em politiquices, influíram, pois, para que ele fosse legalmente depurado, ou *degolado*, como se diz na gíria parlamentar.

Não fora o único a sofrer esse incruento suplício; mas, embora o mal de muitos consolo seja para cada um, ele... não se podia consolar da falta de uma cadeira eletiva, em que repousasse o seu respeitável posterior.

Agora, viera de novo passar algum tempo na capital, onde a vida intensa com os seus divertimentos sempre ao alcance de quem os pode pagar, lhe serviria de ficha de relativa consolação.

Nos primeiros dias, após o seu regresso, tudo lhe servia: — teatros, cinemas, Antarctica, Jardim da Luz, Bosque da Saúde, Ipiranga, Cantareira.

Procedia como quem tem profundos pesares e os afoga em alcoólicos sem escolha.

Não bebia, mas atordoava-se nas aglomerações populares de que dimanam expressões chulas e confusos odores de reles extratos e de estômagos aziumados.

E se não frequentava o Casino, onde a grosseira lubricidade pede meças à falta de decoro, era porque lhe repugnava, como sempre, descer às supremas abjeções.

Lá porque fosse casado, isso não!

A legítima esposa nunca é um obstáculo insuperável para os contrabandistas das paixões rasteiras; mas ele ainda possuía o instintivo horror de fazer correr a sua pena sobre os carnais palimpsestos femininos, por mais tentadores que eles fossem, ou por mais limpos e perfumados que eles se mostrassem.

Nesse dia santo, à tarde, saía ele do Radium, onde pacientemente assistira à *matinée*, quando passava à porta o seu amigo Juvenal, que ele ainda não tornara a ver desta vez.

— Ó Juvenal! Vem cá, vesicatório de carne e osso! Deixa lá ver esse abraço!

— Ó Leivas! Graças aos deuses da espada, que vejo ainda a tua cabeça no seu lugar, apesar de teres sido *degolado* com todos os *ff* e *rr*. É um milagre da política, hein?!...

E abraçaram-se.

— E como vai a nossa Mútua Universal?

— De vento em popa, meu velho, se é verdade o que me têm dito o Silveira e o dr. Zezinho. Imagina tu que em menos de dois meses já está completa a primeira série. Já é, hein?!...

— Estimo, estimo. Vamos tomar um aperitivo, e conversaremos.

— Vamos lá.

E foram andando.

Na praça Antônio Prado era grande a animação àquela hora.

Os passeios laterais e a tradicional *Ilha dos Prontos* ao centro, estavam literalmente obstruídos de gente. Uns esperavam os seus bondes, outros esperavam a probabilidade aleatória de um convite para o *vermouth* ou a *farmácia*, e alguns não esperavam nada, mas matavam o tempo em ver o que nada tinha de vistoso.

— No Castelões ou na Brasserie? interrogou Leivas.

— Vamos à Brasserie. Não me agrada a freguesia que a estas horas frequenta o Castelões.

— Por quê?

— Ora! Não há nada mais desagradável do que a gente comer ou beber, sentindo ao mesmo tempo uma confusão de perfumes... Parece que se está comendo cosméticos ou bebendo água de sabonete. Nada! Aí há muita luz e muito perfume. Receio ficar tonto, meu velho.

E entraram na Brasserie.

À mesa entre o vagaroso chuchurrear do *vermouth*, Juvenal deu o tom para o início da palestra:

— Então, Leivas! Deixa-te desse ar macambúzio e dize como foi isso, homem! É uma oportunidade para desabafares... e o desabafar é bom.

— Para vires depois com a tua história dos pratos... sujos, hein?!

— Juro que hoje não meto os pratos na conversa, nem *vice-versa*. Não vês que hoje estou de uma seriedade à prova de... fogo? Até nem quis entrar no Castelões. Portanto, podes contar a cousa como a cousa foi.

E Leivas, finalmente, instado assim, contou o como e o porquê se julgava eleito. A eleição não podia ter sido mais libérrima, e os votos que lhe foram dados e apurados sob a mais vigilante fiscalização...

— Ah! Os documentos estão comigo... Tenho provas inconcussas! exclamava.

Estava colocado em terceiro lugar, no seu distrito, que dava quatro... quatro! E depois de um trabalhão destes, aqueles... senhores da *Comissão de Reconhecimento, zás!* depuração.

— Ó Leivas! Já te disse que estou hoje muito sério. Pois bem! Vou provar-te em poucas palavras essa seriedade, entrando de frente no mais sério assunto, que é o teu. O milagre da tua cabeça no seu lugar suscitou outro milagre, pois vais ouvir-me falar de política. Ó Leivas! Eu a falar de política, hein!?

— Sou todo ouvidos, mas — vê lá; não arranhes muito.

— Já te disse... Agora, a prova:

Tu sabes que a originalidade é um dos principais elementos da vitalidade moral dos indivíduos e das nações.

— Perfeitamente.

— Qualquer indivíduo que se limita a imitar servilmente, é um falido moral, é um homem morto. Pois também qualquer nação que não manifesta originalidade em cousa alguma, é uma nação liquidada, que está prestes a desaparecer do convívio internacional, ou a ser tutelada e protegida por qualquer outra mais forte e original nos seus empreendimentos. E sempre foi assim.

— Vais indo bem, Juvenal; estou de acordo.

— Os romanos foram originalíssimos até um século antes da Era Vulgar. Criaram a ciência do direito antes de qualquer outro povo ter pensado nisso, organizaram exércitos como ainda se não tinha visto outros no mundo antigo, e até inventaram um modo de pescar os navios inimigos. Sempre a originalidade, hein!

— É exato. Duílio e os cartagineses... Tu ainda te lembras da história, hein, Juvenal.

— Então sabes que o Senado romano decretou que um flautista acompanhasse o triunfador Duílio, tocando sempre, em público, para que as atenções do povo fossem monopolizadas pelo glorioso cônsul.

— Não; do flautista não me lembrava mais. Mas da pesca dos navios cartagineses... isso me lembra muito bem. Foi uma invenção admirável!

— Aí tens, que à originalidade do cônsul correspondeu a originalidade dos representantes do povo. E enquanto esse povo não teve a ideia de conquistar a Grécia, tudo ia muito bem, quanto à sua vitalidade moral.

Veio a conquista, cousa que já não era nada original, porque os romanos estavam fartos de conquistar; mas a falta de originalidade tornou-se imperdoável quando os conquistadores entraram a imitar a civilização e até a própria língua dos vencidos ou conquistados.

Essa imitação foi a brecha por onde penetraram todos os elementos dissolventes do mais famoso império que já houve no mundo. Não sei se foi a justiça da História ou da Providência. O que eu sei, o que tu sabes, é que mais uma nação desapareceu do cenário universal por falta de originalidade nas suas concepções e nos seus empreendimentos.

— Mas, aonde queres tu chegar? Ainda não ouvi nada de política, na geral acepção do termo...

— Aí vou. Espera, que não perdes por esperar. Nós não temos originalidade alguma.

— Essa é forte, Juvenal!

— Mas é verdadeira... Nas belas-artes e na literatura imitamos tudo que é bom e mau, principalmente o que é mau. Em política, então — é agora! Em política, digo, somos uma lástima. Tudo que é processo corruptor, posto em prática pelas diversas nações antigas e modernas, é servilmente imitado por nós. O eleitor já se vai convencendo de que o seu voto é a cousa mais inútil do mundo. E aquele mesmo que vende o seu voto, embora não o considere inútil de todo, também já se vai convencendo de que essa venda nada tem de original, porque é uma das nossas muitas imitações.

Quanto ao *sufrágio universal*, bem vês que não passa de retumbante frase para figurar na Constituição, e esta, para rimar com aquela frase, também se chama *pacto fundamental*, — dois hemistíquios perfeitos, que talvez ainda venham a figurar em qualquer ode ao liberalismo democrático, aproveitados por algum dos nossos muitos poetas que têm a faculdade laudativa muito desenvolvida. O Leonel, por exemplo...

Ora, à vista disso, se não quisermos ser condenados à fatal dissolução, devemos reagir, impondo a nossa originalidade.

É claro que devemos tirá-la do nosso próprio *substractum*, que é constituído pelas nossas qualidades e pelos nossos defeitos. É o mesmo que nos servirmos da prata da casa...

Bem. Os nossos defeitos são em maior número do que as nossas qualidades...

— Ó Juvenal, não exageres tanto.

— Deixemo-nos de sentimentalismos piegas... Esta ainda não é uma das verdades muito duras de ouvir.

Mas, continuando:

Temos, pois, muito mais onde escolher entre os defeitos... Isolemo-los, para melhor podermos apreciá-los...

Na mesa que lhes ficava à esquerda, junta à parede, dois fregueses sacolejavam os dados dentro de um copo de madeira, jogando o pagamento do aperitivo.

Nesse momento passava fora, no largo, um vendedor de bilhetes, apregoando, muito alto:

— É amanhã! *Cinquenta contos de réis!*... *Olha o 7458! É o jacaré!*

— Vês?... Ouves?! Pois aí está um dos nossos defeitos mais visíveis e mais intensos: — é a paixão do jogo.

Jogamos tudo e de tudo fazemos objeto de jogo. É mais uma falta de originalidade nossa, porque, nisso, imitamos os argentinos e outros povos mais ou menos importantes. Mas... vivemos inteiramente submetidos às contingências do azar.

Os *clubs* de jogo, cujo luxo contrasta com a pobreza franciscana de muitas associações de beneficência, nascem e prosperam por todos os cantos; e por toda a parte do nosso estado, do nosso país, proliferam os *clubs* de objetos sorteáveis, desde a louça e a roupa até aos pianos, com escalas pelos gramofones e outras bugigangas.

Mas nem podia ser de outro modo, quando a polícia declara que o estado não é tutor de ninguém, num país em que há loterias em todos os santos dias do ano, exclusive os domingos e dias de festa nacional, e em que o imposto sobre o jogo é uma das boas verbas da *receita* nos orçamentos anuais.

— Podes até dizer que há loterias em todos os santos dias e em todos os dias santos, — visto que hoje mesmo houve loteria...

— Ó Leivas! Tu és um rapaz de gosto. Deixa os trocadilhos para o Castro Jardim, que é o padrasto deles, aqui, na nossa terra. Sim, porque o pai deles já ninguém sabe quem é...

— Mas o meu trocadilho, que saiu espontaneamente, é verdadeiro, não é?

— É, sim; mas é um trocadilho, e, portanto, é detestável sob o ponto de vista estético. Vamos, porém, à conclusão, porque vão sendo horas de jantar.

Ora, uma vez que a paixão do jogo, essa morrinha moral, se agarrou à nossa nacionalidade como carrapato a boi gordo, aproveitemos os seus elementos e com eles tratemos sem demora de nos tornarmos originais e até originalíssimos.

E, então, ele expôs como seria de grandes vantagens para o país, transformar-se a eleição dos Congressos legislativos e das Presidências e Vice-presidências em uma grande *Loteria Nacional*.

Os bilhetes que dessem direito ao grande prêmio da Presidência ou Vice-presidência custariam cinquenta contos, e os que dessem direito a uma cadeira de senador ou deputado custariam cinco contos. A grande *Loteria Nacional* correria de quatro em quatro anos, e todos os cidadãos que soubessem ler e tivessem dinheiro para comprar os bilhetes, podiam, assim, pretender legitimamente à subida honra de qualquer daqueles importantes cargos...

— Mas que ideia, Juvenal! Entraria dinheiro para o Tesouro que era um horror... Um novo pactolo, hein!

— Ao passo que agora sai que é um... castigo, não achas? Mas, ao menos, só poderia ter a pretensão, ou exercer o cargo, quem tivesse o que perder; e acho que é esse um dos pontos mais importantes.

— Ó Juvenal... por que não escreves tu essas ideias em forma de artigo, para serem publicadas?

— Já estão escritas há muito tempo, Leivas; já forneci cópia delas a dois ou três jornais. Mas, como se não tratava de um conto em que o adultério fosse explorado, nem de um assalto político ou de uma defesa de qualquer dessas poderosas comanditas que exploram os serviços públicos, a nossa imprensa recebeu-as com o mais profundo silêncio, que, aliás, muito me honra.

Eu não tenho pressa, como sabes; e eles não perdem por esperar.

O seu há de ser dado a seu dono, mais cedo ou mais tarde. É pura questão de tempo, e, como lá diz o velho Eclesiastes, há tempo para tudo...

Fez uma pausa, olhou em torno da sala, e vendo na parede um programa do próximo espetáculo no Santana, mudou de assunto:

— Já viste a Mina Lanzi, Leivas?

— Ainda não, mas pretendo vê-la e ouvi-la, quinta-feira, na *Dama das Camélias*. Dizem que é admirável, hein...

— Oh! E que mulher!... É um dos mais belos tipos de ítalo-brasileiras que tenho visto até agora. Verás...

Leivas ergueu os olhos para o relógio que estava no alto, ao centro da sala, e exclamou:

— Ó diabo! São quase seis horas. Vem jantar comigo, Juvenal.

— Obrigado, Leivas; mas não posso aceitar o teu convite. Fica para outra ocasião.

E despediram-se.

Leivas, ao passar nos Quatro Cantos, reparou que os andaimes da nova construção para a Rotisserie Sportsman estavam barreados de cartazes com enormes caracteres multicores, e o nome que neles mais sobressaía era: — Mina Lanzi em azul, Mina Lanzi em vermelho, Mina Lanzi em verde; — e em todos a fotogravura da famosa atriz, nuns em busto e noutros em diversas posições dos diferentes papéis que ela interpretava no teatro.

Ah! O sugestivo poder dos anúncios!

Principalmente quando esse poder se exerce sobre o espírito de quem está ocioso e com a carteira recheada de bom papel-moeda!...

VII.
VARIAZIONE

> *São da vida a razão e quase a essência*
> *As doces e cruéis alternativas*
> *Que no mundo compõem a realidade;*
> *E a perfeita harmonia da existência,*
> *Cujas notas nem sempre são festivas,*
> *Consiste na infinita variedade.*
> SÍLVIO LÍVIO

Eram quase nove horas.

À porta do Santana, profusamente iluminada, havia a costumada animação prenunciadora das grandes noites de espetáculo.

Automóveis paravam, trepidantes, despejando ondas de sedas, plumas e arminhos; auroras de carne moça, fulgores de olhares e pedrarias, crepúsculos e noites de cabelos, que impregnavam o ar de capitosos perfumes e povoavam os cérebros de espicaçantes estímulos, de aspirações ardentes e de lúbricos desejos.

De alguns carros de praça desciam casais anafados entre crianças risonhas e palradoras.

Juntos à bilheteria, os pedestres aglomeravam-se, acotovelando-se e erguendo alto, nas mãos, as cédulas para pagarem as localidades.

No sujo saguão da entrada muitos homens formavam grupos, que falavam, fumavam e gesticulavam.

Num deles viam-se o dr. Zezinho, o Juvenal, o comendador Julio Marcondes e o Silveira, que tinham comprado uma frisa para juntamente apreciarem a peça e principalmente a protagonista, que era o chamariz da maior parte dos presentes.

Nesse dia fora largamente distribuído pelo correio um impresso anônimo, cujo texto era o seguinte:

Exmo S.^{nr}

É positivamente certo que marchamos a passos gigantescos na larga estrada do progresso.

As necessidades comuns aos outros povos, quase que são desconhecidas em nosso meio social.

Não há casas para alugar, — e isso é um sinal evidente de que os proprietários não se podem queixar da falta de rendas nem da sua diminuição. Muito ao contrário, ex.^{mo} s.^{nr}.

Não há cozinheiras, embora já se fundasse uma escola para elas; mas as pessoas que se podiam empregar nesse importante ramo dos serviços particulares, preferem frequentar as inúmeras Escolas Normais, com o fim de obterem um diploma que as habilite a exercerem o magistério público.

Não acha, ex.^mo s.^nr, que é isso um dos mais evidentes sinais do nosso progresso?

Poucas pessoas haverá da nossa terra, que queiram sujeitar-se a qualquer serviço considerado inferior, e não pode haver melhor prova do bem-estar geral do nosso povo, além de que é a única explicação possível do franco prosperar de todos os estrangeiros que para aqui vêm desenvolver a sua atividade.

É isto, ex.^mo s.^nr; todos estamos bem: — os nacionais ou são ricos ou remediados, e os estrangeiros trabalhadores e honestos não têm motivo algum para se queixarem da nossa proverbial generosidade.

Só reclamam os trapaceiros, os gatunos, os chantagistas e os *caftens*, porque não podem passar facilmente pelas malhas do nosso Código Penal.

E assim mesmo, às vezes ainda passa cada um!...

Ora, para que se possa fixar na história este momento da nossa já de si tão gloriosa, imaginamos a organização de um *Club*...

Sossegue, não se assuste, ex.^mo s.^nr com este preâmbulo, porque desde já garantimos, sob nossa palavra de honra à prova de fogo, que não se trata absolutamente de extorquir da sua excelentíssima bolsa nem sequer uma prata falsa de dois mil-réis, dessas que por aí correm como boa moeda.

Não, senhor!

Para gastar o seu rico dinheirinho tem v. ex. infinitas oportunidades, e faz v. ex. muito bem em não perdê-las, porque, deste modo, contribui para a boa circulação, e v. ex. sabe perfeitamente que é da boa circulação que depende a vida.

Mas... como íamos dizendo: — imaginamos a organização de um *Club*.

Não precisamos de sede limitada, porque a sede do nosso *Club* tanto pode ser a nossa capital, ou o nosso estado, como o nosso país inteiro.

Talvez v. ex. pense que será um estado no Estado; o que não é para admirar, porque o nosso país o que é, afinal, senão uma chusma de estados no Estado?!... Já vê v. ex. que temos um bom exemplo para nos servir de encosto.

Agora, medite v. ex. na primeira vantagem: — estarmos livres das impertinências de porteiros bêbedos ou sonolentos, e das fastidiosas visitas periódicas de cobradores exigentes ou malcriados.

Há, porém, muitas outras vantagens, e pedimos licença para mostrar algumas a v. ex.

Como não temos os empecilhos do Regulamento Interno, ficamos em condições de nos divertirmos à nossa vontade, e quanto mais nos divertirmos tanto mais dignos consócios seremos uns dos outros.

Nenhum sócio fica sujeito à maçada de ser membro de Conselho Fiscal, e por esse motivo todos estaremos isentos de examinar livros que nunca são mostrados, de fazer elogios que nunca nos passaram pela cachola e de assinar pareceres que nunca escrevemos nem lemos.

Além de tudo isso, que já não é pouco, não há a estopada das Assembleias Gerais, nem as facadas dos rateios.

Confesse v. ex., que é um *Club* extraordinário, *sui generis*.

Pois é por isso mesmo que o imaginamos, porque nós não teríamos coragem de organizar mais um *club* de jogo ou de joias, desses que por aí enxameiam a todos os cantos, para gáudio dos exploradores e desespero dos explorados.

Finalmente, para tranquilidade dos escrúpulos políticos e religiosos de v. ex., declaramos que não é uma sociedade secreta.

Nada de juramentos mais ou menos falsos, nem compromissos *pro forma*.

Em nosso *Club*, não há segredos: — tudo é sabível e visível, principalmente visível.

Agora, o essencial.

O nosso *Club*, como sociedade que é, tem algumas semelhanças com a sociedade em geral, e muitas dessemelhanças.

Todo o indivíduo humano pertence à sociedade desde que nasce até morrer.

O seu direito à sociedade está implícito no seu direito de viver: — é independente da sua vontade.

Em nosso *Club* é sócio somente quem adquire o direito de o ser, depois de certa idade. Mas, depois de ter adquirido esse direito, há de pertencer ao *Club* quer queira, quer não.

Quando qualquer indivíduo se suicida, deixa de pertencer à sociedade.

À primeira vista parece que saiu dela por sua vontade. Não discutamos.

Mas qualquer sócio do nosso *Club* rarissimamente sairá dele por sua vontade.

Só circunstâncias absolutamente fortuitas poderão contribuir para a sua eliminação do nosso quadro social.

Entretanto, assim como cada indivíduo humano entra involuntariamente para a sociedade só pelo facto de ter nascido, também qualquer pessoa entra para o nosso *Club* involuntariamente, só pelo facto de ter adquirido o direito de entrada.

Como se adquire esse direito?

É o que vamos ter a honra de explicar a v. ex.

Adquire-se naturalmente, ex.^{mo} s.^{nr}, mas também se pode adquirir voluntariamente.

Não temos Estatutos nem Constituição.

Não precisamos dessas cousas, para não termos necessidade de, a cada passo, as considerarmos letra morta.

Há, porém, certas condições que reputamos indispensáveis à aquisição do direito de entrada.

E como essas condições são todas apreciáveis sob diversos pontos de vista, resulta que foi necessário categorizar os sócios em *efetivos, honorários, beneméritos* e *ultrabeneméritos*.

Já vê v. ex. que é uma classificação perfeita, como se usa em todas as sociedades que se prezam.

Assim, qualquer que seja o seu sexo, adquirem o direito de entrada, como sócios

efetivos: — todas as pessoas cujos aniversários natalícios figuram nas crônicas dos jornais; todas as pessoas classificadas que fazem desleal concorrência aos *chauffeurs* de profissão; todos os funcionários públicos que são *manifestados* com ou sem bronzes artísticos; todos os deputados ou senadores que falam (os calados não se contam); todos os conferencistas graciosos ou desgraciosos; todos os barbados que se desbarbam completamente por simples imitação, e todos os titulares, papalinos ou não, inclusive os oficiais da Guarda Nacional que se não fardam, e os bacharéis de qualquer espécie, que não exercem a profissão liberal para que se prepararam;

honorários: — todas as pessoas que fazem excursões de recreio ao estrangeiro; todas as pessoas que fazem donativos de qualquer espécie, mesmo para as *corbeilles* das noivas, de modo tão ostensivo que a cidade inteira o saiba;

beneméritos: — todos os homens sérios que têm amantes ostensivas, que têm filhos estroinas, que frequentam os luxuosos *clubs* de jogo e que tomam assinatura de frisas ou de camarotes, nos Líricos, para suas duplas ou múltiplas famílias;

ultrabeneméritos: — todas as pessoas cujos atos de filantrópica vaidade ultrapassem as fronteiras do nosso país e repercutam estrondosamente na imprensa estrangeira.

Exceção: Os literatos, somente na sua qualidade de produtores de escritos para o público, jamais poderão pretender ao direito de entrada em nosso *Club*, porque estão sujeitos à censura e à crítica dos seus leitores, ao passo que nós, os sócios de qualquer das classes acima indicadas, não estamos sujeitos a censura de espécie alguma.

O nome do nosso *Club* é inglês, porque nos repugnam os hibridismos linguísticos, e a nossa divisa é:

SHOWING FOR EVER!

O nosso emblema social é essa mesma divisa dentro de um círculo de olhos bem abertos.

Acreditamos que v. ex., reconhecendo a nossa boa vontade, guarde em lugar de honra o diploma que oportunamente será conferido a tão belo ornamento do nosso *Club*.

Aceite, pois, v. ex. os protestos da nossa mais alta estima e profunda admiração.

Pelo SHOWING CLUB

A DIRETORIA.

S. Paulo, 30 de junho de 1911.

O dr. Zezinho, ansioso por conhecer a opinião de Juvenal, tirou do bolso do sobretudo um exemplar do prospecto, e perguntou:

— Você já viu esta história, Juvenal?

— Já, já... Recebi hoje um.

— E que diz você à lembrança?...

Os outros fizeram roda. Todos tinham recebido exemplares do mesmo impresso, nesse mesmo dia. Queriam ouvir...

— Digo, meus caros, que S. Paulo não é mais o antigo burgo de estudantes e beatas. Aqui já se pensa um pouquinho, meus amigos. Não há só quem atropele e estropie os transeuntes com automóveis disparados, nem quem pense que a nossa prosperidade arquitetônica consiste somente na macaqueação das pavorosas almanjarras de ferro, tijolo e cimento, que são os *arranha-céus* norte-americanos...

— Mas, então... arriscou o comendador Marcondes.

— Deixemo-nos de histórias. Quem quer que teve a ideia do tal Showing Club é um espírito da família dos Swifts, e queira Deus que ele não tenha o mesmo trágico fim.

— Eu também achei a ideia muito engraçada, disse o Silveira.

— É certo, sim, que tem graça; mas debaixo daquele riso, quem sabe lá quantas lágrimas não teriam corrido, ou quantas dores não teriam sido sufocadas?

— Essa agora é muito boa! retorquiu o dr. Zezinho. Se o pândego sofresse, se fosse pobre e precisasse, não gastaria ele o seu *arame* em imprimir isto, nem em selos para o enviar a pessoas que talvez nem conheça de vista.

— Esse é o ponto mais interessante do caso. Vale a pena pensarmos um pouco... Vejam vocês: — o homem ou é rico... Sim, porque eu acredito que a ideia é individual... Bem. Ou ele é rico e está indignado contra o atual estado de cousas. Resultado: — ironia sobre elas; meio prático de extravasar a bílis ou desingurgitar o fígado, sem recorrer às panaceias preconizadas nos anúncios de quarta página. Ou é pobre, e então ninguém pode imaginar que sacrifícios ele teria feito para atirar com esse papel à cara daqueles que julga seus exploradores. É uma vingança como outra qualquer. Não ofende nem atinge a nossa integridade física, mas arranha bem fundo a nossa consciência, vocês não concordam? Pensem bem. Um outro, mais estúpido e mais desequilibrado, escolheria uma noite como esta, e lá do alto das torrinhas atiraria uma bomba terrivelmente explosiva no meio da sala cheia... Ele, não. Quem quer que seja, preferiu dirigir-se a cada um de nós, e dizer-nos sob o disfarce do riso: — Vocês são todos uns desfrutáveis. Pensam que a vida consiste somente na ostentação a todo o transe. Coitados! Sofreis todos de exibicionite aguda. Sois dignos de comiseração.

— Este Juvenal tem cada ideia! comentou o dr. Zezinho. Olha que essa cousa da bomba de dinamite lá dentro... hein?! Até me fez correr um calafrio ao longo da espinha dorsal. Livra!

— Mas é assim mesmo... Não é facto virgem. Para nós, felizmente, é... Vocês sabem, na França... Mas o que é verdade, meus caros, é que o homem pensou e escreveu que se pode ler, cousa não muito comum aqui neste meio, em que predominam a ânsia de enriquecer, o gosto de esbanjar e o desprezo pelas belas-letras...

E, mudando de tom:

— Agora, digam-me cá: — algum de vocês já recebeu o prometido diploma?

Que não, que ainda não tinham recebido, — responderam.

— Pois, meus amigos, a minha única curiosidade no caso é saber a que classe de sócios pertenço eu. Você, Zezinho, que é desbarbado, não advoga e já foi passear duas vezes à Europa, é cumulativamente *efetivo* e *honorário*. Ali, o comendador Marcondes, que costuma a dirigir o automóvel, *fonfonando* estardalhaçantemente quando passa pelo Triângulo, é somente *efetivo*. Ah! E você também, Silveira, que ainda anteontem veio no *Carnet do Estado*. Vamos a ver se os diplomas vêm certos. E o meu, como será?

Soaram as campainhas. Era a última chamada.

Entraram.

A sala estava repleta, e a ribalta acesa.

Não havia uma cadeira vaga. As frisas e os camarotes resplandeciam de luxo e de beleza, e as torrinhas estavam literalmente atopetadas de rumorosa multidão em que predominavam os homens e os estudantes.

A orquestra executava a valsa da *Viúva alegre*.

Os últimos compassos foram abafados sob uma estrepitosa salva de palmas das galerias.

Subiu o pano.

A peça, conhecidíssima, arrastou-se pesadamente ao longo dos seus pesados atos.

Nestes tempos de cinematógrafos, aeroplanos, automóveis e telégrafos sem fio, não há mais quem sinta verdadeiro prazer artístico em assistir a longos dramas.

Além disso, os cinematógrafos ainda vieram resolver um importante problema social.

Os chefes das famílias abastadas devem abrir regularmente os seus salões, ou para darem festas em que as suas filhas solteiras se divirtam e arranjem noivos, ou para ostentarem o seu luxo. Tudo isso é muito dispendioso e principalmente muito maçante, porque não há meios nem modos de se contentar a todos os eternos descontentes que aparecem infalivelmente nessas reuniões familiares.

Ora, com o cinematógrafo tudo se resolve do melhor modo.

Os chefes não são obrigados a fazerem as honras da casa; as filhas solteiras divertem-se à vontade e arranjam facilmente noivos que vão *pescar* à saída das *sessões*, e o luxo é sobejamente ostentado nos trajes, nas joias e nas melhores *localidades* dos salões dos cinemas.

Não se perdem as noites, porque as *sessões* são rápidas, e não se gasta muito tempo com os namoros, porque tudo se faz... cinematograficamente.

É uma perfeição!

E é por isso que as *soirées* dançantes cada vez se tornam mais raras e até são já consideradas como diversões impróprias do nosso adiantado grau de civilização.

A nevrose da velocidade em todas as cousas e em todos os atos, produz-nos uma invencível preguiça de pensar, de comparar, de analisar.

O que nós queremos é chegar logo ao fim. Uma sessão de cinema dura apenas meia hora, mas é tempo suficiente demais para que a mocidade fique completamente edificada na moral moderna.

Os espetáculos por sessões de uma hora, a preços reduzidos, fazem que os verdadeiros teatros fiquem às moscas, e se alguém suporta ainda um espetáculo de três horas é porque gosta de música, é caipira ou é... *snob*.

Aprender sem estudar, enriquecer sem trabalhar, valer sem ter mérito, ostentar sem conta, sem peso e sem medida: — eis os modernos ideais.

Explica-se, assim, a enchente dessa noite.

O drama não interessava. O principal interesse fora despertado pela fama da protagonista, a célebre Mina Lanzi, atriz brasileira, descendente de italianos, que possuía realmente notáveis dotes artísticos e impressionantes predicados plásticos.

Havia mais um interesse, e esse consistia na oportunidade que se oferecia a todos os que só pensam dia e noite em se mostrarem aos outros.

Tinham decorrido três longos meses sem notáveis festas públicas.

O mau tempo desse ano não permitira as grandes reuniões ao ar livre, onde a ostentação apresenta as mais variadas *nuances*.

Aos domingos o aspecto do Velódromo era lastimável. No Tietê as regatas efetuavam-se sem entusiasmo.

Os cavalos arrastavam-se pesadamente na raia pesada do Hipódromo, diante das arquibancadas vazias.

Só haviam sido dignas de registro a temporada de Mascagni e a inauguração do Theatro Municipal. Era muito pouco para três meses.

Além disso, as principais famílias que não tinham ido ao estrangeiro nas suas costumadas excursões de recreio, achavam-se nas praias do Guarujá ou do José Menino, continuando o rotineiro hábito caipira de ir a banhos de mar no inverno.

É essa uma das cousas em que temos alguma originalidade, nós, os paulistas.

Na Europa as grandes cidades despovoam-se no verão.

A população abastada vai para o campo gozar a frescura da vegetação, ou para as praias, banhar-se e haurir energias do ar iodado. Aqueles que não podem ir, fingem que vão, fechando-se em casa, não recebendo visitas nem saindo à rua. Não oxigenam o sangue, mas fazem economias na bolsa.

Nós vamos para as praias no pino do inverno... Por quê? Porque o nosso litoral gozava outrora a justa fama de pestífero no verão.

Hoje, felizmente, essas condições modificaram-se com os melhoramentos higiênicos, mas a rotina ficou.

Há quem justifique esse arraigado hábito com a circunstância de que o nosso verão coincide com a estação chuvosa, e por esse motivo não há conveniência em se tomar banhos debaixo de chuva.

Essa justificação, porém, prova apenas que para tudo se descobre uma justificativa; mas a sua improcedência é flagrante, porque, uma vez que estamos resolvidos a banhar-nos, que nos importa a nós um pouco de água a mais ou um pouco de água a menos?

E os divertimentos?

Ora, os divertimentos das estações balneárias consistem precisamente mais em reuniões internas, em saraus, em jogos, em *flirts*, do que em excursões ao ar livre, e para aquelas espécies de diversões mais próprio é o tempo chuvoso do que o seco.

Oh! Não há nada mais agradável de que estar-se dentro de casa a falar da vida alheia, a jogar, a dançar ou a ouvir as deliciosas futilidades das mulheres bonitas e graciosas, enquanto a chuva tamborila nas vidraças e ruge lá fora na violência das enxurradas!...

Por muito tempo nos fica no nariz a maravilhosa sensação olfativa dos mais raros aromas combinados com os naturais odores dos corpos aquecidos nos *ritornellos* das valsas!

No intervalo do penúltimo ato, o comendador Marcondes chamou a atenção dos companheiros de frisa para a má impressão que o Santana fazia, comparado com o Municipal, o "gigantesco Municipal", — como ele dizia.

— Você tem razão, comendador, disse Juvenal; mas é uma pena ver aquele monumento transformado atualmente em *restaurant* de luxo, onde, às tantas da noite, não se sabe o que mais admirar, se a falta de vergonha, se a falta de juízo dos seus frequentadores de ambos os sexos.

— É mesmo, disse o Silveira. Já me disseram isso, exatamente.

— E eu, continuou Juvenal, antes de ser ele inaugurado, dirigi a dois vereadores uma espécie de carta, pondo-os de sobreaviso quanto ao futuro desse primor arquitetônico. Fiquei com cópia dela, que guardo, para mostrar que pode entrar para o rol dos profetas um sujeito que costuma assinar-se Juvenal Paulista.

E procurando na carteira, que tirou do bolso:

— Cá está ela... Não empalideçam, porque a cousa é curta. Vocês já sabem que não gosto de abusar da paciência de ninguém.

E leu:

Ilustríssimos Edis:

O nosso orgulho de paulistas deve estar satisfeitíssimo, porque o Theatro Municipal, que é um dos melhores do mundo inteiro, está prestes a ser entregue ao gosto do público. Não digo ao uso e gozo, porque o público, em regra, não deve usar dos teatros, mas gozar deles.

Essa distinção é importantíssima para a completa compreensão do que vou escrever.

Eu, por exemplo, tenho um canivete, que é uma especialidade para cortar... sabão. Uso dele toda a vez que me é preciso cortar alguma cousa, menos a casaca do próximo; mas não tenho nisso o mínimo gozo, porque, toda a vez que dele uso, praguejo e gesticulo como qualquer italiano do Sul.

É claríssimo que se o meu canivete, em vez de *caxerenguengue* como é, fosse afiadinho como a língua de muita gente boa, eu usaria e gozaria dele todas as vezes que me fosse preciso cortar. Ora muito bem!

Desenvolvendo o raciocínio, posso aplicá-lo por analogia aos teatros.

A comparação entre um canivete e um teatro é realmente paradoxal, mas isso não importa, desde que a conclusão seja justa, como os senhores vão ver.

Imaginem agora que um teatro foi construído de tal modo, ou é dirigido de tal modo, que, toda a vez que nele entrarmos para gozar o direito que nos é conferido pelo bilhete pago, estaremos sempre sob a terrível ameaça de sermos esmagados como quaisquer míseros vermes ou torrados como simples amendoins, ou, então, ficaremos constrangidos como se estivéssemos em qualquer casa de cerimônias em presença de algum superior hierárquico.

De tal forma, nem o gozo do teatro nos seria permitido.

Quanto à construção do nosso Theatro Municipal, estamos completamente livres das terríveis ameaças figuradas, — graças à indubitável competência técnica do respectivo arquiteto-construtor, e ao conteúdo dos cofres do município; mas, quanto à direção do mesmo... isso é o que ainda havemos de ver.

Fique, porém, desde já bem assentado o seguinte:

Se o espectador, qualquer que ele seja, chegar ao ponto de arrepender-se por ter comprado bilhete que lhe dê o direito de ocupar uma localidade no interior do nosso Theatro Municipal, podem ficar certos, ilustres senhores edis, que esse arrependimento será, em noventa e nove casos sobre cem, motivado pela direção da melhor casa de espetáculos do Brasil inteiro.

E podem ficar certos também que, nessa hipótese (que desejo não mude de nome), os contribuintes terão o inalienável direito de exclamar:

— *Quanto dinheiro nosso, gasto em pura perda!*

E, assim, ficam sobejamente explicadas, — a diferença que há entre uso e gozo, e gozo somente, — e a relação que pode haver entre o meu pobre canivete *caxerenguengue* e o nosso belo e rico Theatro Municipal.

— Este Juvenal é enorme! comentou o dr. Zezinho.

— Ora aí têm vocês o que eu receava... Má direção somente. Mas, vamos ver o fim dessa maçada... Creio que já deram o último sinal. Que sacrifício, se não fosse a compensação da Mina, hein?!...

Quando, ao descer do pano, os aplausos ainda reboavam ruidosos, ouviram-se palmas diferentes, compassadas, no momento em que Mina Lanzi viera agradecer a sua chamada ao proscênio.

Todos os olhares convergiam para o camarote da boca de cena, e Juvenal exclamou para os companheiros:

— É o Leivas que vai falar!

Era, efetivamente, Leivas Gomes, que, de pé, ligeiramente pálido sobre a alvura do lustroso peito da camisa, aguardava que o silêncio se restabelecesse na sala.

As mãos apoiadas sobre o aveludado parapeito do camarote, o olhar circunvagando, começou ele:

— Sejam as minhas primeiras palavras de agradecimento, de profundo reconhecimento e gratidão, ao acaso, a essa força oculta mas real, que move os homens e os mundos, e que me proporcionou a indizível ventura de assistir a este espetáculo, em que o gênio artístico da protagonista conseguiu monopolizar todas as nossas atenções.

A moldura deste quadro não podia ser mais magnificente, porque tudo quanto há de individualmente notável nesta terra dos antigos pioneiros do progresso nacional, aqui se congregou numa irresistível atração de luxo e de beleza; mas... superior a tudo e a todos, destacando-se fulgurantemente, esplendidamente da tela, que é esse mesquinho palco, — avulta a tua impressionante personalidade, ó Mina Lanzi!

A tua voz harmoniosa e pura, sugerindo-nos a auditiva impressão de pérolas que se despenham em taças de cristal, e a tua gesticulação exuberante mas precisa e graciosa, bem denunciam que essa organização sem-par tem as suas raízes mais profundas no âmago da raça latina, a antiga dominadora do mundo; nessa encantadora Itália, pátria da Arte e das mais intensas paixões.

Mas denunciam também que ao seu pleno desenvolvimento não foi estranha a misteriosa influência mágica da nossa terra sempre verdejante, do nosso sol sempre ardente e do nosso céu sempre azul, onde cintila, sempre majestosa, a simbólica constelação do Cruzeiro.

Feliz pátria que produz tais filhos!...

Eu te saúdo, Mina Lanzi. Salve, divina conciliação da beleza com o gênio artístico!

Foi um verdadeiro sucesso oratório.

VIII.
SCHERZANDO...

Rir é bom, pois o riso é para as almas
O mesmo que o oxigênio é para a vida;
Quem sabe rir goza profundas calmas
No meio da paixão mais dolorida.
JUVENAL PAULISTA

No dia seguinte ao espetáculo, Juvenal saía da Mútua Universal e seguia pela rua Direita em direção aos Quatro Cantos, quando avistou Leivas Gomes, que vinha no bonde de Higienópolis.

Fez-lhe um sinal, e Leivas desceu em frente à Ville de Paris.

— Vem cá, meu imaginoso Leivas. Quero felicitar-te pelo teu brilharete de ontem. Estiveste à altura, homem!

— Aí vens tu com as tuas costumadas diabruras.

— Não... Nada disso. O que é verdade é verdade. Palavra, que gostei. E se não fosses tu quem és, e eu te não conhecesse muito bem... diria que eras um magnífico discípulo da moderna escola... dessa que tanto já fez rir o nosso novo presidente, que, por sinal, não é nada novo.

— Dos tais que anteciparam sofregamente os parabéns de aniversário natalício?...

— Desses mesmos, sim. Pois então?!...

— Muito obrigado, Juvenal.

— Olha que eu não disse nem digo... *Diria* — bem vês! — é condicional, Leivas. Mas, vem daí, que diabo! Vamos ver se o gordo Daniel está mais gordo ainda.

E entraram no *bar* da Rotisserie Sportsman.

Leivas, depois de sentado, começou a comentar:

— Nós estamos atravessando uma época muito interessante da nossa evolução moral. Se cobrimos alguém de elogios, atiram-nos logo a pecha de aduladores, de engrossadores, de *chaleiristas*... E não importa que os louvores sejam ou não merecidos... A questão é somente que as louvaminhas enojam...

— Mas, Leivas, em presença da evolução artística manifestada por todos os povos cultos, não há nada mais natural, meu velho. Imagina tu que todos nós fôssemos como o "nosso ilustre amigo", o Lindolpho Alves, cujo vocabulário não registra absolutamente nenhum adjetivo ouriçado de perfurantes puas... hein!

Era como se estivéssemos a palmilhar constantemente uma estrada plana e reta, no meio de uma chata planície em cujos horizontes não avultasse o perfil mais insignificante da mais insignificante elevação do solo.

Que entediadora monotonia, meu Deus! No meio de tanta chateza, as pessoas e as ideias forçosamente haviam de nascer chatas.

A linha reta é antiestética, e até, segundo a respeitável opinião de abalizados frenólogos, é índice de más qualidades morais em qualquer indivíduo.

Ora, dize-me cá: — quais foram os dotes estéticos mais notáveis que descobriste em nossa interessante patrícia, e que tanto te impressionaram, para mimoseá-la com o teu quente improviso?

Foram, evidentemente, as sugestivas curvas do seu corpo esbelto; a sua gesticulação que traçava belos arcos concêntricos; a sua voz que ondulava harmoniosa e vinha em ocultos círculos, concêntricos também, fazer vibrar os teus tímpanos agradavelmente.

Foi isso ou não foi? Bem. Pois a beleza física, intelectual ou moral, reside em tudo que é sinuoso, côncavo ou convexo.

Nos corpos, nas ideias, nas ações, devem predominar as linhas curvas.

A directriz de qualquer indivíduo, e tu melhor o sabes do que eu, deve ser naturalmente reta, porque até hoje ainda se não descobriu outro espaço mais curto entre dois pontos; mas deves também conhecer por experiência própria como essa directriz está atulhada de obstáculos, que fazem o caminhante ziguezaguear, ladear, contornar, erguer-se, abaixar-se, embora sempre com os olhos fixos no fim que pretende atingir.

Pois é precisamente nesse colear que consiste a nossa arte e o nosso mérito.

Se quiséssemos avançar somente em linha reta, passando sem consideração alguma por sobre todos os empecilhos, chegaríamos ao fim, é verdade, mas com a péssima fama de brutos; ao passo que todo o nosso empenho, meu caro, deve ser o de conquistarmos a gloriosa reputação de hábeis.

— Então, pelo visto, devemos sempre falar mal de tudo e de todos?...

— Mas... é claro que sim! Passar a vida inteira a dizer — *Amen!* — a tudo, — isso não é para nós! É para os frades e as freiras, e, ainda assim, — quem nos garante que eles sigam essa norma sem discrepância?

Depois, quem é que perde o seu tempo em atirar pedras às árvores que não dão frutos?

Só os imbecis.

As outras, as frutíferas, até devem sentir o legítimo orgulho do apedrejamento.

Pois aqui, já deves ter percebido que o sentimento promotor da maledicência que anda na língua ou na pena das pessoas limpas e dignas, não é absolutamente a inveja.

Esse ignóbil sentimento é próprio somente dos nulos ou dos incapazes.

Nós, se falamos mal dos nossos pares, fazemo-lo por verdadeiro amor à arte, por sentimento estético.

É o nosso instintivo horror à linha reta.

E agora... aqui muito à puridade:

— Qual foi a tua verdadeira impressão ao ver e ao ouvir a nossa atriz?... Quero dizer — como mulher.

— Ah! Juvenal! A melhor que é possível, para quem tem alguma delicadeza de sentimentos. É deliciosa!...

— Devagar, meu caro, mais devagar! Deve ser deliciosa, é o que é.

— Isso mesmo.

— O diabo é que dizem também que ela é muito... íngreme.

— Íngreme?!... Que história é essa? Que relação pode ter a mulher com os aclives?...

— Eu te explico.

E Juvenal disse que classificava as mulheres geometricamente. Para ele cada mulher é sempre o lado de um ângulo social. O outro lado pode ser a linha formada pelo leito, pela superfície de um *divan* e até pelo chão estreme...

E, então, conforme a abertura desse ângulo social, há mulheres *verticais*, ou inacessíveis, que formam o ângulo reto; *oblíquas-obtusas*, ou repelentes, que formam o ângulo obtuso; *oblíquas-agudas*, mais ou menos íngremes, que formam o ângulo agudo, e, finalmente, *horizontais*, cuja abertura é nula.

Neste ponto, Leivas Gomes opôs-se, interrompendo-o:

— Ora, muito obrigado! Então as *horizontais* têm a abertura nula?... É extravagante essa tua lembrança, Juvenal. Pois eu penso exatamente o contrário...

— Estás enganado, meu caro. A minha classificação é legítima e rigorosa, embora se baseie em aparentes antinomias. As aberturas da minha classificação, — atende bem! — são angulares, aberturas angulares e não quaisquer outras aberturas.

Na sua qualidade de engenheiro, Leivas Gomes achou a classificação interessante, embora lhe notasse algumas impropriedades técnicas.

— Mas tem graça e originalidade, o que já não é pouco para uma teoria, — comentou.

E aplicando os seus conhecimentos profissionais:

— Então dizem que ela é muito íngreme, hein?! Pois, meu caro Juvenal, os fortes aclives que fazem ângulos agudos entre A e B, vencem-se de dois modos: — ou pelo ladeamento, ou pela perfuração. É evidente que o último, embora mais dispendioso, é o melhor meio de se atingir o ponto colimado. Mas, quem não tiver muita pressa, escolherá o ladeamento, que é mais econômico.

— Ora aí está! exclamou Juvenal triunfante. Já vês que a minha classificação é tão rigorosa e tão científica, que até já lhe aplicaste dois processos de construção ferroviária.

E riram francamente durante alguns momentos.

Leivas Gomes, enquanto bebia vagarosamente o aperitivo, pensava em Mina Lanzi e na classificação do Juvenal.

— Mulheres íngremes... sim, senhor. Que ideia!

Mas, se a mulher é uma linha, — pensava ainda — a gente pode pôr uma linha em qualquer posição. Toda a vertical pode ser transformada em horizontal, e *vice-versa*. É isso. Simples posição de retas, que depende somente da maior ou menor inclinação. Com as oblíquas também se pode fazer o mesmo...

E, depois, falando alto:

— Pois, caríssimo Juvenal, cá tomei nota da tua classificação geométrico-feminina. Vai para o canhenho.

— Sem cerimônias. Entre amigos, mãos rotas.

Eram quatro horas.

Leivas, para despedir-se, levantou-se:

— Sim, senhor. Nunca te vi tão geométrico como hoje. Há pouco eram as curvas que predominavam, agora são as retas mais ou menos inclinadas... És temível com a tua geometria! E com esta, preciso ir à casa do meu sogro jantar com ele... Não te convido porque a casa não é minha...

— Ora, muito obrigado. Nada de cerimônias comigo, porque eu já te tenho dado sobejas provas de não as ter contigo. Vai, rapaz.

— O meu sogro é uma pérola, mas ainda não se acostumou a jantar com luz artificial...

— Vai, vai, meu caro; porque um bom sogro e uma boa sogra são os melhores presentes que Deus pode dar aos casados. É o que dizem... e eu creio muito na voz geral. — Até sempre, Leivas.

— Até amanhã, Juvenal; mas vê lá: — não vás agora descobrir que há homens quadrados.

E separaram-se.

IX.
ROMANZA

> *A força do querer novidadeiro*
> *Combinada ao poder da imitação,*
> *Operando entre o ócio e o dinheiro,*
> *Quase sempre conduz à tentação.*
>
> DA IMITAÇÃO DO DIABO

A potencialidade da sugestão e a faculdade da imitação, excitadas pela abundância de dinheiro combinada com o ócio, são forças sociais que muito ocultamente mas positivamente influem na modificação do caráter individual. É perfeitamente humano que todos desejem elevar-se acima dos outros e de si mesmos, porque foi esse desejo que arrancou os homens pré-históricos das cavernas e das cabanas primitivas, para instalá-los nos suntuosos e confortáveis palácios de agora. Mas, como nem todos possuem a mesma força de vontade, nem os mesmos elementos materiais, — para a maioria, a realização fica muito aquém do desejo fracamente formulado.

Ah! Mas se a força de vontade coincide com a posse dos elementos materiais, então não há nada irrealizável, porque a fantasia não pode ser mais inventiva do que a própria natureza.

Isto pensava Leivas Gomes na manhã seguinte à sua conversa com Juvenal, na Rotisserie.

Não lhe saía da mente a pitoresca classificação, e sentia que a sua curiosidade fora vivamente espicaçada por aquele — *íngreme* — do Juvenal.

Levantara-se bem-disposto, e a sua boa disposição ainda mais aumentou, quando, ao abrir a janela do seu quarto, viu que o céu, turquesinamente azul, esplendia luminoso sobre o casario da cidade, que, lá embaixo, se espalhava pelas várzeas e trepava pelas colinas.

Ao longe, a Cantareira, toucada ainda com as alvas neblinas da noite que estivera fresca irrompia a pequenos trechos escuros, que pareciam ilhas aéreas flutuando na claridade das brumas.

E enquanto os filhinhos, sob a vigilância da ama, corriam e garrulavam alegremente pelas ruas do jardim de sua casa, como passarinhos que saltitam e chilreiam às primeiras horas das manhãs estivas, sentia também que se passava no seu espírito alguma cousa de inexplicável e delicioso. Era como que uma ligeira evaporação dos seus mais recônditos pensamentos condensada pela alacridade do ambiente.

Almoçou com muito apetite, foi gentil para com a esposa, paciente para com os filhinhos, tolerante para com o mau serviço dos criados, e até cantarolou alegremente a valsa dos beijos do *Conde de Luxemburgo*.

Estava, positivamente, num dos seus melhores dias. Era a misteriosa influência daquela magnífica manhã de pleno inverno subtropical, que o tornava otimista nos pensamentos, nos atos e nos gestos; pois não há nada que mais concorra para o nosso aborrecimento do que um céu enfarruscado e baixo e um ventinho úmido e frio, que tão comuns são em São Paulo, nessa estação.

Veio para a cidade, e, ao passar pelos Quatro Cantos, seus olhares foram de novo atraídos pelos vistosos cartazes afixados nos andaimes da esquina... Sempre a sugestão!...

Desceu, a pé, a rua Quinze.

Às portas das casas lotéricas fervilhava a matula ambiciosa dos jogadores do *bicho*, que aguardavam o telegrama da *centena* do dia...

Leivas parou em frente às *vitrines* da Casa Michel, onde fulgurava, uma estranha mistura de pedras falsas e legítimas, e um rápido pensamento fez vibrar os seus centros cerebrais.

Erudito em belas-letras, vieram-lhe à mente a passagem mitológica, onde Júpiter, o Pai dos Deuses, se transformara em chuva de ouro para seduzir a reclusa Dânae, e o psicológico episódio do *Fausto* em que o solerte Mefistófeles aconselha o remoçado velho alquimista a principiar a sua conquista da ingênua Margarida com um belo presente de tentadoras joias... Depois, surgiu-lhe também, inopinadamente, o velho mas sempre verdadeiro e atual provérbio:

— *Chave de ouro abre todas as portas...*

Parecia-lhe que estava envolvido numa atmosfera de ouro em pó, e que havia relâmpagos refratados nas facetas da pedraria...

E foi andando, foi seguindo...

O relógio do Grumbach marcava duas horas, e até o respectivo dístico — Áurea — lhe pareceu um farol diurno a guiar os seus flutuantes pensamentos.

Chegou à joalheria, correu os olhos pelas *vitrines* externas; e, impelido irresistivelmente pelas suas forças interiores, fascinado pelos atraentes aspectos exteriores, entrou, escolheu um broche com brilhantes, pagou sem regatear, e pediu uma pena com tinta para escrever o seguinte, no seu cartão de visita:

> ## Leivas Gomes
>
> *beija as mãos da formosa e genial artista, depõe nelas esta pouco valiosa oferenda e espera a feliz oportunidade de ver de perto o efeito que ela deve produzir no meio de tão belo conjunto.*

Pediu mais que chamassem um *mensageiro*, e, depois de tudo artisticamente embrulhado, deu o endereço da atriz Mina Lanzi e... saiu muito mais satisfeito do que entrara, porque, agora, além da sua irradiante alegria, sentia mais que lhe sorriam na alma as *divinas promessas da esperança*.

Estava aceso o rastilho...
Agora, era ter um pouquinho de paciência para esperar como rebentaria a bomba.

X.
SMORZANDO...

É depois da tormenta haver cessado
Que o valor se aprecia da bonança,
Quando a calma do céu desanuviado
Parece ter sorrisos de esperança.
SÍLVIO LÍVIO

Estava posta a mesa. À cabeceira sentou-se Leivas Gomes, à sua direita sentou-se a esposa, d. Januaria, e à sua esquerda o filho mais velho, o Joanico.

    Os dois menores almoçariam na saleta própria, sob a fiscalização da respectiva ama-seca, a Balbina.

    D. Januaria vestia luxuosamente, muito fora do costume, o que chamou a atenção do seu marido.

    — Estás hoje simplesmente adorável, Nenê.

    — Achas?!... duvidou d. Januaria com uma pontinha de ironia.

    — Acho, sim; pois duvidas?...

    E reparando nas joias que adornavam a esposa:

    — E que belo broche, esse, hein! Esse não o conhecia ainda.

D. Januaria, sempre risonhamente irônica:

— Foi um presente que me fizeram hoje.

— Oh! oh! Um presente?!... Que magnífico! E pode-se saber quem foi o generoso doador?

— Como não?! Pode-se, sim.

E, agora, séria, pálida, mas comedida na gesticulação, abriu uma bolsinha que tinha a seu lado, tirou um cartão, apresentou-o ao marido, dizendo com a voz um pouco trêmula:

— Foi este cavalheiro... Podes ler o cartão que acompanhou o presente...

Leivas Gomes, ao ler o cartão que na véspera escrevera a Mina Lanzi para lhe oferecer a joia que agora estava adornando a sua mulher, demonstrou visivelmente que não era um homem sem brio. O seu rosto em menos de um minuto apresentou todas as cambiantes cromáticas de uma bola de sabão...

Um cínico teria inventado qualquer inverossímil história para iludir a esposa. Ele, não.

Interrompeu o almoço, levantou-se, pôs o chapéu e saiu pisando muito macio, quase na ponta dos pés.

Mina Lanzi, quando recebeu o presente de Leivas Gomes, procurou indagar quem era o gentil ofertante. Pelo nome, ela soube logo que se tratava da pessoa que tão ardentemente a saudara na bela noitada da *Dama das Camélias*, porque os jornais tinham sido minuciosos na descrição da festa; mas ignorava o seu estado civil. Quando lhe disseram que ele era casado e pai de três filhinhos, ficou indignada.

Escreveu à esposa dele um cartão em que dizia o seguinte:

"Creio ter havido engano do mensageiro que me entregou ontem a joia e o cartão que este acompanham. Fico certa de que me desculpará o equívoco, para o qual em nada concorri voluntariamente."

E mandou tudo por um *mensageiro*.

D. Januaria, ao receber aquilo, e vendo do que se tratava, pensou em fazer uma cena violenta com o marido. Mas ele era tão bom, tão delicado, tão inteligente!

Pois bem! Seria delicada também, porque a delicadeza, em certos casos, fere tanto ou mais do que a brutalidade.

Leivas Gomes, que também era bom psicólogo, andou por fora de casa, a fazer horas, até à noite. Ele sabia que o tempo é o melhor hemostático para os ferimentos da alma, e que as sombras noturnas têm uma benéfica influência sobre a paz dos casais.

À noitinha, recolheu-se, subiu ao seu quarto que ficava no primeiro andar, abriu a janela que dava para o poente, e ficou aí por largo tempo, debruçado no peitoril, a meditar na oculta conspiração dos factos.

Talvez estivesse a ver, lá de cima, se a sua directriz ainda estava atravancada de obstáculos.

Ao longe, por trás do majestoso Jaraguá, acabara de morrer o ouro vivo do ocaso; e no alto, no escuro azul do céu sem lua, fulgurava, serena e grande, a formosa estrela *Vésper*, — completamente alheia e indiferente aos homens e às cousas deste mundo.

XI.
GRANDE CONCERTANTE

Ei-los de novo aqui — dignos comparsas —
À luz da ribalta
No palco da vida!
Deixemo-los em paz nas suas farsas
Em que a música — dinheiro nunca falta;
Digamos-lhes o adeus da despedida.
J. A.

Nós é que não podemos ficar nesse alheamento nem sentir essa indiferença. Os homens e as cousas deste mundo são dignos do nosso respeito, e, se entre as cousas de que até agora tratamos alguma há que não seja precisamente venerável, isso não impede que as pessoas façam jus à nossa incondicional admiração.

E o facto de convivermos durante mais de três meses com doze ou treze personagens, sem ter morrido nenhum deles, não é também digno de ser admirado?

Não houve um só assassinato, um só suicídio, nem sequer um só esmagamento por automóvel ou bonde elétrico...

Nenhum dos nossos treze ilustres conhecidos foi vítima de cousa alguma, nem ao menos de uma facadazinha no sentido figurado.

Bem se vê que se trata de um romance, de uma obra de imaginação, porque, na vida real, as cousas correm de outro modo; mas não quisemos que em nossa consciência ficasse o mínimo remorso da mais leve gota de sangue, nem da umidade da mais fugitiva lágrima.

Todos aí ficam vivos e escorreitos, — cada um segundo as suas espécies, como diz a Bíblia.

O dr. Gustavo da Luz, sempre o mesmo hiperbólico generalizador.

O dr. Archanjo Barreto, num rigoroso isocronismo cronométrico a carregar para casa os sabonetes do *Club*.

O Jeronymo de Magalhães, pretendendo agora montar uma importante fábrica de pentes, na esperança de ser bem-sucedido, porque ninguém como ele dispõe de tanta e tão boa matéria-prima...

O Adelino Silveira, brilha e fulge como *farol* que foi, porque quem foi rei sempre tem a sua majestade, e anda imaginando agora uma nova *mútua* que seja eficaz colaboradora da lei do *povoamento do solo*.

O comendador Julio Marcondes, talvez por influência eufônica do sobrenome, deseja agora ser conde.

O coronel Rogerio Lopes, está com a sua gorada candidatura atravessada na garganta, mas vai comendo, bebendo e jogando regularmente.

O dr. Orthépio Gama escreve atualmente um poema em francês, onde já figura uma bela estrofe com trinta e cinco versos em que as flores dos mais variados matizes acabam todas ficando brancas.

O dr. Zezinho Lopes ainda não resolveu o complicado problema do seu amor, apesar da sua assídua frequência aos mais abundantes mercados dessa droga.

O Alexandre Rossi goza a América como nenhum outro dos seus pares, e fica indignado quando algum dos seus patrícios por aqui aparece com o fim exclusivo de *fazer a América*.

O barão de Athayde faz sempre gemer os prelos com os seus donativos e os inquilinos com os correspondentes aumentos do aluguel, entendendo, e muito bem, que melhor é fazer benefícios para depois alardeá-los, do que não os fazer absolutamente e gabar-se de ser generoso.

O Araujo Reis pensa em lançar no seu *Jornal* as bases de um plano de valorização das suas opiniões e do seu caráter, que ele considera tão dignos de proteção como a borracha, e não deixa de ter a sua razãozinha...

O Leivas Gomes vai seguindo a sua directriz até esbarrar com uma nova cadeira eletiva.

O Juvenal Paulista, esse continua a rir o higiênico riso provocado pelas comédias melotrágicas da vida. Há de viver muito, se rir sempre assim.

E todos eles são dignos consócios no Showing Club e diretores da famosa Mútua Universal.

Muitos outros personagens poderiam figurar neste livro, porque a única dificuldade consistiria somente na escolha. Mas os que aí figuram são os melhores exemplares atuais da nossa gente rica.

Os outros, embora pretendam fazer parte dessa classe, estão muito aquém dela, e não passam de simples pretensiosos ou reles imitadores.

Merecem, pois, um estudo à parte, que já está planejado e que o autor há de publicar oportunamente, se para tanto lhe não faltar tempo e… dinheiro.

Deixemos, portanto, os nossos amigos e conhecidos; — que fiquem todos em paz e que progridam sempre e muito, para glória da nossa terra e para honra da nossa gente.

FIM

POSFÁCIO
Pelos interstícios do cânone

Walnice Nogueira Galvão

A Michael M. Hall, que me apresentou este romance

Para melhor apreciar *Gente rica*, impõe-se atentar para o pano de fundo constituído pela tradição a que pertence: a de um nicho satírico muito especial dentro da ficção de costumes urbanos.

Na virada de século, prolongando-se até 1922 ou mesmo mais adiante, a literatura brasileira teve manifestações estimulantes que ficariam meio encobertas pelo fulgor da Semana de Arte Moderna. Entre elas, um forte veio crítico que vincou sobretudo a ficção, embora aparecesse também na crônica, no teatro, na caricatura ou na charge.[1]

O termo abrangente "pré-modernismo",[2] como se convencionou chamar, tem limites — não rígidos mas permitindo certo transbordamento — que assinalam o fim de uma era e a aurora de outra. São aproximadamente fixados pela morte de Machado de Assis em 1908 e de Lima Barreto em 1922. Ou então pela publicação de *Os sertões*, de Euclides da Cunha, em 1902, e pela eclosão da Semana de Arte Moderna em 1922. Ou ainda por 1889, ano da proclamação da República e início da República Velha, até seu fim, marcado pela chegada de Getúlio Vargas ao poder em 1930.

O estopim para essa safra romanesca foi o súbito advento da modernização trazida pela passagem brusca do Império para a República, tendência que se radicalizaria cada vez mais nos tempos a vir, tornando-se escancarada na grande reforma urbana do Rio de Janeiro. A modernização material e institucional acarretaria uma metamorfose dos costumes que não deixaria pedra sobre pedra.

A cavaleiro de dois séculos, parte dessa safra oscila entre a *belle époque* e o pré-modernismo. Nesse período, vários romancistas produziam, alguns ligados ao passado, como Coelho Neto; ou à transição, como Graça Aranha, que aderiria entusiasticamente ao modernismo, pelo menos em atuação; ou ainda Monteiro Lobato, com um pé no futuro, estreando em 1919 com os contos de *Urupês*.

É dentro desse período que tem vigência o nicho ao qual pertence *Gente rica*, constituindo um recorte no romance de costumes, que é satírico e arrasador. Embora tenham feito muito sucesso em seu tempo, romances como esse se restringiam à crítica das elites, numa visão pouco distante da superficialidade ou da crônica social.[3] Quanto ao estilo, já tinha passado pelo crivo do naturalismo, cujas marcas carrega. Apesar do êxito, esses romances deslizaram como que por interstícios do sistema literário e cultural, caindo no olvido. Para apreciar melhor as ousadias de *Gente rica*, o leitor deve preparar-se para percorrer um caminho sinuoso, retraçando sua trajetória.

Entretanto, nesse quadro geral que estamos descrevendo, há uma exceção, digna de nota, desenhando sua antítese: um escritor a contracorrente, que adere aos pobres, ao subúrbio e aos excluídos da grande modernização urbana que, em curso no período, beneficia os ricos e seus apaniguados, enquanto prejudica os já desafortunados.

Tintas cáusticas

Quando se concentra o foco no nicho desse fenômeno distintivo, salta logo aos olhos, destoando das demais, a figura do inconformista inquebrantável que foi Lima Barreto.

No período que privilegiamos, vigorou uma concepção triunfalista da literatura, então definida como "sorriso da sociedade". Sem distanciamento crítico, a maioria dos escritores fez puro beletrismo. Foram-se os grandes vultos que eram Machado de Assis, representante máximo do realismo e modelo de conduta impecável; Euclides da Cunha, com sua grandiloquência; e Aluísio Azevedo, que cedo desertou da arte. A tendência dominante foi mergulhar na vida mundana e suas frivolidades, como veremos na ficção aqui examinada.

Mas Lima Barreto destoa da tendência.[4] Seus romances rompem com o diletantismo vigente e diagnosticam sem perdão, sob uma visão corrosiva, questões substantivas. Antes e acima de tudo, incansavelmente e sem desfalecimento, a luta contra o racismo e o preconceito de cor. Mas também, numa época em que a imprensa industrial entra no Brasil a todo vapor, a denúncia da subserviência dos jornais aos poderosos e o temor que demonstram a qualquer opositor publicando em suas páginas. Como seria, e mais de uma vez, o caso de Lima Barreto. Escorraçado dos mais importantes, acabaria por só ser aceito em periódicos de pouco impacto ou revistas anarquistas.

Seus romances miram ainda a camada corrupta e desmoralizada dos políticos profissionais, norteada pela hipocrisia. Não escapa a seus dardos o peso de uma burocracia ossificada, com seus aproveitadores e seus parasitas. Também reprovava o bacharelismo e o patriotismo usado como escusa para as piores empreitadas. E assim por diante.

Em dez anos saem os romances *Recordações do escrivão Isaías Caminha* (1909), *Triste fim de Policarpo Quaresma* (1911/1915), *Numa e a ninfa* (1915), *Vida e morte de M. J. Gonzaga de Sá* (1919). E um sem-número de crônicas, ancoradas na atualidade mais imediata, de tom polêmico. Nada disso bastou para obter reconhecimento ou conseguir uma cadeira na Academia Brasileira de Letras, embora tenha tentado duas vezes, enfrentando a desaprovação de Machado de Assis, o Presidente Perpétuo que lhe recusou seu apoio e seus votos.

Figurando entre os excluídos, habitando pouco à vontade a pele de um pária na capital em plena crise de modernização, infeliz e irrealizado, morreria cedo, aos 41 anos.

Romance urbano e crítica de costumes

A poderosa tendência do romance urbano, mais fecunda no foco da modernização constituído pelo Rio de Janeiro que no restante do país, engrossaria até se tornar uma caudal com picos de alta realização, a exemplo de Lima Barreto. Essa tendência costuma ter como padrão inicial uma obra despretensiosa, publicada em forma de livro em 1854 depois de ter saído em folhetins de jornal um ano antes: *Memórias de um sargento de milícias*, de Manuel Antônio de Almeida.

Precursor dos romances aqui mencionados, é de veia cômica ou humorística, mostrando uma extraordinária acuidade para a crítica social. Sem prejuízo dos de Joaquim Manuel de Macedo, foi um dos primeiros e mais relevantes romances baseados em crônica de costumes urbanos a surgir, destacando-se entre os contemporâneos, mantendo até hoje uma corte de admiradores.[5] Preito aos encantos do Rio de Janeiro, é incomparável porque recua até priscas eras e revive com vivacidade o que se passava na cidade no tempo de d. João VI. Situado no limiar entre romantismo e realismo, ao adotar uma perspectiva cheia de humor, entre mordaz e benevolente, vai desdobrando um olho crítico que trata de submeter tudo ao rebaixamento cômico. Personagens caricatas se sucedem a eventos quase inverossímeis de esperteza. O protagonista, Leonardo, através de expedientes e muito jogo de cintura consegue tudo o que quer. Apesar disso, o romance revela uma lúcida compreensão do funcionamento da incipiente sociedade brasileira, onde tudo se resolvia na base do favor pessoal, à falta de critérios objetivos para uma vida coletiva civil. Intuitivamente, Leonardo compreende as vantagens que pode tirar desse quadro geral, valendo-se disso para sair-se bem sem trabalhar e sem fazer esforço algum. O romance é uma graça: o narrador trata as malandragens e peraltices de Leonardo com indulgência plena.

Estruturado como uma alternância de quadro/ação, o romance sabiamente instiga o interesse do leitor pelas tramoias do entrecho e pelas travessuras de Leonardo, enquanto insere entre esses episódios cenas folclóricas do Rio antigo, com tudo aquilo que era tão pitoresco quanto típico. Sintomaticamente, seu jovem autor era cronista de jornal, aliás de um jornal da capital do país, e o romance foi publicado por capítulos em série.

Como veremos, essa combinação de escritor com cronista de jornal seria privilegiada nos tempos a seguir.

Mas os ancestrais desse romance satírico que faz a crítica das elites em país escravista remontam ao "tempo do rei", ou seja, o período que sucedeu ao portentoso desembarque do príncipe regente d. João, futuro rei d. João vi, com toda a sua corte de 15 mil pessoas. Os precursores já anunciam o destino dessas obras: nunca no patamar superior da boa literatura, ou da literatura com ambição de alta arte. Mas sim algo mais ao rés do chão, mais desafetado, mais popularesco talvez, e que certamente ia ao encontro de seus numerosos leitores. Foi assim que Joaquim Manuel de Macedo, longe de ser apenas o autor de romances edulcorados como *A Moreninha* (1844) e *O moço loiro* (1845), mostrou depois ter mais de uma corda em sua lira. Escreveria outros de amena denúncia social ou ao menos de crítica de costumes, como os divertidíssimos *As mulheres de mantilha* (1870) e *Memórias do sobrinho de meu tio* (1867).[6] E isso, em pleno romantismo, a que, quando convinha, ele fazia sua genuflexão, como foi o caso de *A Moreninha* e *O moço loiro*.

Em *Memórias do sobrinho de meu tio*, a crítica de costumes concentra-se na camada política: corrupção e roubalheira, alianças entre líderes desonestos, troca de favores. O sobrinho quer fazer carreira política, para também se locupletar, e vai aprendendo e ensinando ao leitor os segredos do ofício, numa radiografia da prática político-eleitoral no país. Anárquico e irreverente, retrocede cem anos, ao tempo em que a capital do Brasil se transferiu da Bahia para o Rio de Janeiro, durante a gestão do primeiro vice-rei, conde da Cunha (1763-67), que é personagem de algum destaque.

Dessa época é possível resgatar romances que caíram no ostracismo e dos quais só alguns poucos eruditos ouviram falar. Contemporâneo a esses é o caso de *A família Agulha* (1870),[7] conforme a folha de rosto um "romance humorístico" de Luís Guimarães Jr., retirado da poeira dos arquivos há não muito tempo por Flora Süssekind. Numa narrativa "em zigue-zague" que vai e volta, que refuga e subverte, esse romance corteja sem problemas o absurdo, o grotesco e até o disparate.[8]

República e modernização

Só quem se postasse do lado de lá da linha demarcatória constituída pelo advento da República seria capaz de aquilatar o que ela significou para o panorama cultural brasileiro. A presença da monarquia e da escravidão havia sido um marco gritante do atraso do Brasil no concerto das nações, e mesmo no quadro da América Latina. Por isso, a proclamação da República foi saudada como um salto na modernidade: uma nação moderna que se prezasse não podia ter rei nem escravos. Trazendo imediatamente em seu bojo um sem-número de modificações e inovações que mudaram a face do país, a República tornou-se especialmente visível na capital, o Rio de Janeiro.[9] O restante do Brasil só muito lentamente absorveria a modernização, recalcitrando ante suas novidades, permanecendo como bastião do patriarcalismo, da oligarquia e do coronelismo.

Os traços gerais dessa evolução são ressaltados em duas obras literárias que aparecem logo, ainda antes do fim do século, portando o título de *A capital federal*. A primeira, de 1894, é um romance do copioso escritor de imenso sucesso que é Coelho Neto. A segunda, de 1897, é uma peça de teatro, aliás a mais famosa de outro fecundo autor, Artur Azevedo,[10] também o dramaturgo de maior êxito na época, criador de abundantes comédias, operetas, burletas, óperas-cômicas, revistas, vaudeviles, entreatos, paródias etc., no âmbito de uma lira nada emproada mas teatralmente eficaz. Essa peça é por ele caracterizada como "comédia opereta de costumes brasileiros". Romance e peça apresentam um esquema básico similar, e é evidente que tratavam de lidar literariamente com a novidade que era uma república de homens livres. Ambos repousam sobre o contraste entre o interior e o Rio de Janeiro, mostrando no romance a candura de um jovem matuto a passeio e, na peça, a de uma família mineira que vem conhecer a cidade grande. Tanto num caso como em outro, seduzidos pelas maravilhas da metrópole e à mercê de espertalhões, as personagens decidem-se pelo que dizem ser a simplicidade, a pureza e os hábitos mais austeros. Que seriam então os encantos da hinterlândia, após a deliciosa vertigem dos perigos que a capital oferece.

O vetusto tema literário do *fugere urbem* (= fugir da cidade), que vem desde a Antiguidade greco-romana, é assim reencenado em novas roupagens, e roupagens brasileiras posteriores a seu uso pelas convenções da Arcádia. O tema vai também marcar o regionalismo, que contrapõe cidade e campo, mantendo o contraste entre um polo como lugar de todos os vícios e o outro polo como lugar de todas as virtudes. Apenas ficaria imune Lima Barreto, que faria o processo da ilusão bucólica em *Triste fim de Policarpo Quaresma*. A notar que quem escreve não arreda pé da cidade, apesar de todas as objurgatórias. O tema nos estudos literários já rendeu muito, o que comprovam obras clássicas como as de Curtius e de Raymond Williams.[11]

Tanto o romance como a peça de teatro dedicam-se a esmiuçar a vida pública e privada da metrópole, em seus usos e costumes, e especialmente aquilo que estava em transição. E que, mudança ou novidade, trazia uma fisionomia inédita para o Rio.

Essas transformações logo seriam visíveis, com a força de um abalo sísmico ou outro vasto desastre natural, na face exposta do Rio de Janeiro quando da Reforma Pereira Passos, assim nomeada em função de seu prefeito e mentor, em 1904. Sem dúvida, a capital do mundo era Paris, e pelo planeta afora as intervenções urbanísticas copiavam o modelo da Reforma Haussmann,[12] que visava prioritariamente a afeiçoar o tecido urbano para controlar insurreições, no rescaldo da Comuna de 1871.

No Brasil, ou no Rio de Janeiro mais do que no Brasil, a modernização finalmente sobreveio. É o que reflete a escrita da época, tanto a dos romances como a das crônicas nos jornais — ainda mais quando se sabe que provinham dos mesmos autores. Esses escritores entregaram-se, pela imprensa, a uma discussão diária a respeito do que fosse a modernização, palpável na caliça que pairava de tanta demolição, nos escombros à vista e no entulho que se acumulava.

Não foi à toa que a verve plebeia cunhou para o fenômeno o apelido de Bota-Abaixo, carimbando essa fase do Rio. Os pobres até então moravam nos bairros do centro (Cidade Nova, Estácio etc.) e, expulsos, a partir de então foram ocupando a periferia, bem como, mais salientes, as favelas nas alturas.

Tudo mudava, tudo se transformava: a tecnologia, nessa era de invenções e descobertas, comandava a mudança. O fulgor da luz elétrica fazia, da noite, dia, e escancarava todos os recônditos antes na sombra, substituindo os fracos bicos de gás na iluminação das ruas. O bonde abandonava a tração animal e adotava a tração elétrica. O automóvel fazia sua irrupção, alarmando os transeuntes. Enquanto isso, saias e cabelos encurtavam.

Entra em cena a publicidade, que domina jornais e revistas mas também se faz presente nos anúncios dos bondes, para alguns dos quais o próprio Olavo Bilac mobilizou sua musa. A publicidade então se chamava em francês e no feminino "a *réclame*", que Artur Azevedo utilizou como título de um conto hilário, mostrando o dedo da propaganda até numa aventura galante.

É contemporânea a voga das estações balneárias, que se multiplicam e são como que extensões do Rio e de São Paulo, de onde provém sua freguesia. O poder público colabora, decretando políticas de saúde.

A frequentação de cafés e confeitarias como a Pascoal ou a Colombo é de rigor no Rio de Janeiro, a par com o desenvolvimento da boemia de intelectuais, artistas e jornalistas. Mas sem incluir Lima Barreto, que também era boêmio porém cliente de freges e botequins de má reputação. Até então o teatro, antes que se instaure a ida às salas de cinema, era o lugar ideal para ver e ser visto. Como *Gente rica* trata de mostrar, tais hábitos se encontram também em São Paulo: suas personagens frequentam cafés e restaurantes chamados Rotisserie Sportsman ou Castelões, vão ao Teatro Santana assistir à peça *A Dama das Camélias*, lotam as matinês do cinema Radium.

O disco e o fonógrafo, anteriores ao rádio e seu longo alcance, ajudam a encurtar as distâncias, corroborados ainda pelo telefone e pelo telégrafo. Não só dão origem a novos hábitos auditivos, como facilitam a sociabilidade da dança de par enlaçado. E, com esta, o temor dos efeitos deletérios do execrado maxixe, com seu agarramento e meneios tachados de lúbricos, acoimado por toda parte como "dança de negros". Daí a pouco surgiria uma grande criação tríplice do povo brasileiro: o samba, a escola de samba e o Carnaval em versão carioca.

Entre os escritores, Olavo Bilac brilhou como incansável arauto de novos costumes. Seus milhares de crônicas periodísticas mostram como ele assumiu papel de liderança, patrocinando causas progressistas, evoluindo de defensor da ginástica, dos esportes e do atletismo até desembocar no patriotismo e na campanha pelo serviço militar obrigatório.[13]

O novo romance de costumes

Findo o século do romantismo, o romance de costumes em viés crítico tomaria outra feição. Costuma-se atribuir o lançamento da voga a Afrânio Peixoto, com *A esfinge* (1911), que teve grande sucesso não só comercial como mundano, a exemplo de seu autor, membro dessa elite que criticava. Já vimos como o olhar dissecador de Lima Barreto era visceralmente outro, e ele pagaria o preço, não sendo aceito na Academia Brasileira de Letras.

Quanto a Afrânio Peixoto, seria eleito em 1910, vendo-se obrigado, em famigerado episódio, a escrever alguma coisa às pressas, correndo o risco, como correu, de ser eleito sem obra literária, só científica. Empossado no ano seguinte, o mesmo ano veria a publicação de seu romance de estreia, *A esfinge*, cuja primeira edição esgotou em um mês. O público recebeu com avidez essa mistura esnobe de descrição dos salões, do meio diplomático, da alta sociedade carioca, ou pelo menos de sua *high life*, como então se dizia.[14] Estava inaugurado o padrão do romance envolvendo a "gente rica", que afora o modelo literário copiaria o modelo de vida, sendo seus autores membros centrais ou periféricos dessa elite, grã-finos ou aspirantes a grã-finos.

É então que aparece João do Rio, que escreve coisas notáveis ao radiografar o lado menos nobre da modernização da capital, as quais levaram Antonio Candido a incluí-lo nos "radicais de ocasião". Era influente e polêmico como jornalista, mas também como membro dessa camada de profissionais dublês de homens de letras.[15] Em meio aos ademanes de um esnobismo bem acentuado, era capaz de agudas observações sobre os desvalidos da sociedade brasileira em pleno processo de "civilizar-se", como se constata em seus livros, que recolheram crônicas publicadas nos jornais, e especialmente em *A alma encantadora das ruas* (1908).

Seu romance epistolar *A correspondência de uma estação de cura* (1918)[16] não se situa no Rio, mas em Poços de Caldas, então próspera estância hidromineral, no tempo em que os balneários estavam na moda no mundo inteiro e inclusive no Brasil. Mas, se o espaço é outro, a fauna que o frequenta é a mesma, transplantada temporariamente do Rio de Janeiro e de São Paulo. As personagens e as intrigas são puramente cariocas e paulistas, ou daquele recorte da sociedade das duas capitais que ostentava mais posses e maior brilho. Pertence a este nicho de romances com viés crítico que estamos examinando.

No Rio e em São Paulo pontificaram ainda vultos de extrema popularidade, que eram romancistas e autores de verdadeiros best-sellers, hoje inteiramente esquecidos. Dentre eles destaca-se Benjamin Costallat,[17] que fez crítica teatral, crônicas, contos e romances, depois de viver muitos anos em Paris. É autor de, entre outros, um romance célebre e sensacionalista, *Mademoiselle Cinema* (1924), que chegou a ser apreendido. Nesse romance, nota-se a influência do recente *La Garçonne* (1922), de Victor Margueritte, precedido de má fama, que não só fora proibido na França mas custara ao escritor a cassação de sua *Légion d'honneur*. O escândalo de um e de outro era devido sobretudo a terem como protagonistas mulheres transgressoras. E um dos sinais exteriores da transgressão era justamente o "cabelo à la garçonne", curto, expondo a nuca — o que era considerado pecaminoso estímulo erótico, somado às saias que também iam encolhendo.

De Costallat também fez furor a publicação de uma série de crônicas no *Jornal do Brasil* em 1924, versando o submundo do Rio de Janeiro: sexo, violência, crime, prostituição, drogas, frequentemente com alcance de denúncia social. A série sairia em livro no mesmo ano, com o título de *Mistérios do Rio*, barretada para a voga desse tipo de título, deflagrada pelo famosíssimo folhetim de Eugène Sue, *Os mistérios de Paris* (1842-43), que leva a fama de ter auxiliado a eclosão da Revolução de 1848 graças a suas pungentes descrições dos miseráveis. A esse se seguiu uma verdadeira febre de romances trazendo "mistérios" no título e sediados em capitais, sempre com essa noção da metrópole como fonte de um cosmopolitismo que abrigava todas as distorções.

O romance de "mistérios", amiúde sentimental ou filantrópico, como Marx e Engels logo assinalaram em *A sagrada família* a propósito de Eugène Sue, devia muito a Victor Hugo e seu *Nossa Senhora de Paris* (1831), que recuava no tempo até a Idade Média. Mais tarde, Victor Hugo reforçaria essas perquirições em *Os miseráveis* (1862), trazendo o entrecho para mais perto do presente. Mas sempre com esse toque de "romance popular", o qual retratava as condições insuportáveis da vida dos humildes na metrópole moderna, como consequência da Revolução Industrial que os obrigara a afluir para os centros urbanos em busca de trabalho.

Outro digno de nota é Théo-Filho,[18] prolífico autor, que também fez primeiras armas em Paris mas depois escreveu sobre o Rio, destacando-se suas crônicas enquanto jornalista. Seus romances descrevem igualmente as camadas abastadas, o "vício", taras sexuais, cocainômanos, estroinas em geral. Entre seus muitos livros, o romance *Ídolos de barro* é típico (1924). No começo da carreira o autor concentra-se apenas na "gente rica", passando mais tarde a escrever sobre o desenvolvimento coevo dos balneários e das praias.

A *safra paulista*

Os tempos assistem ao despontar, em São Paulo, de alguns romances de costumes com alçada de crítica ou denúncia social, a exemplo desses que viemos examinando. Como se, vendo o que acontecia na literatura carioca, tão opulenta, os autores se sentissem espicaçados a reivindicar igualmente uma presença nesse nicho do panorama das letras, mesmo fora do Rio de Janeiro.

O mais bem realizado dentre eles é *Madame Pommery* (1920), de Hilário Tácito.[19] A protagonista é a dona do bordel Paraíso Reencontrado, polo de atração da elite paulistana. O título enfatiza o embelezamento de seu verdadeiro nome de "polaca", como então se dizia, o de Pomerikovsky. Já o nome de guerra deriva do champanha francês que jorra aos borbotões em seu salão. Sátira notável e impagável à hipocrisia e outros maus hábitos dessa classe, é deslavada ao insistir na função civilizatória e modernizadora da instituição bordel. Cabe-lhe a rara distinção de ter sido elogiada por Lima Barreto em crônica.

Outro exemplo é *Roupa suja* (1923), de Moacyr Piza. Autor de um pequeno livro escandaloso, mais um sobre a elite paulistana, Moacyr Piza seria igualmente protagonista de um escândalo na vida real, em torno de uma certa Nenê Romano, estopim de um duelo que não houve. Mas dois anos depois ele a mata com um tiro e se mata também, dentro de um carro na avenida Angélica. O título de sua obra provou-se profético.

Sobre todos esses autores e romances, cariocas, paulistas ou de outras plagas, pairava a sombra descomunal e europeia de Pitigrilli, pseudônimo do italiano Dino Segre. Autor do que na Europa se chamava "romance popular", era figura pitoresca, jornalista de frases ribombantes e provocadoras, entre outros desempenhos para os fãs. Uma lista de títulos, apenas, já dá ideia de seu parentesco com os escritores que viemos examinando: *Mamíferos de luxo* (1920), *O cinto de castidade* (1921), *Cocaína* (1921), *Ultraje ao pudor* (1922), *A virgem de 18 quilates* (1924). Autor prolífico, essa é uma pequena amostra de sua torrencial obra. Que a amostra não desnorteie o leitor: ele já escrevia antes de 1920 e continuaria a escrever após 1924, com reviravoltas de vida e de residência, entre Itália, Paris e Argentina. Era campeão de bilheteria, livro seu seria quase certeiramente um best-seller, pelo menos em sua fase de maior popularidade. Foi, em tempos mais amenos, alcunhado de "romancista pornográfico". A exemplo dos brasileiros, também desapareceu.

A *"gente rica" de São Paulo*

Uma sátira à elite da cidade de São Paulo é o que o leitor tem em mãos, cidade que também se modernizava mas sem o esplendor e a pompa da capital do país. O romance procede sistematicamente ao exame das diferentes encarnações das principais forças sociais que detêm o poder. Encarnações em personagens — todos homens e brancos, é óbvio — constituindo "tipos", que povoam as páginas deste livro.

Por isso mesmo, por essa ênfase na caracterologia por assim dizer, o livro se baseia mais na descrição que na narração, no estático mais que no dinâmico, no aprofundamento de cada tipo e nos tipos em seu conjunto mais que nas peripécias do entrecho. O subtítulo, portanto, promete o que o texto realiza: *Cenas da vida paulistana*. Já se vê que a descrição sobreleva a narração, o entrecho sendo ralo, quase inexistente, quadro seguindo-se a quadro.

Esta é uma sátira que se faz não sistematicamente como num romance coeso e coerente em todas as suas partes, mas por fragmentos, falas, intuições súbitas, frases de efeito, anedotas. Em suma, por cacos compondo um mosaico que se chama romance. E que por isso mesmo, porque descompromissado, permite uma relação mais livre e mais lúdica com a forma.

O autor deixou rastros biográficos tão apagados quanto os rastros de sua obra. Aqui, a grande fonte é Elias Thomé Saliba,[20] acrescentando esta outra contribuição ao supracitado capítulo sobre o cômico no período, tesouro de preciosas informações e reflexões. Entre os traços que refere, estão os parcos dados profissionais. Assim ficamos cientes de que José Agudo é pseudônimo de José da Costa Sampaio, originário de Portugal. Saliba, que leu todos, cita-lhe uma série de romances, publicados entre 1912 e 1919, prenunciados por *Gente rica*, o primeiro da série, sendo os demais *Gente audaz*, *O dr. Paradol e seu ajudante*, *Pobre rico!*, *Posta restante*, *Cartas d'Oeste* e *A pedra que fala*. De profissão, o escritor era contabilista e professor de contabilidade. De perfil modesto e obscuro, era entretanto lido e apreciado, embora essa apreciação fosse fugaz. A origem de seu pseudônimo é decifrada como trocadilho pelo próprio romancista ao dedicar o livro a João Grave (1872-1934), escritor português. Ainda mais, João Grave era autor de um romance chamado *Gente pobre*, mais um trocadilho. Ao que tudo indica, José da Costa Sampaio causou boa impressão em seu ofício, pois era professor na Escola de Comércio Álvares Penteado, tendo fundado e dirigido uma revista de contabilidade de prestígio.

O lance mais notório de sua carreira de romancista, curiosamente, foi uma polêmica com ninguém menos que Oswald de Andrade, assim se inserindo, embora a contragosto, nos futuros fastos modernistas — então ainda pairando no horizonte. Saliba conta que a rixa se desenrolou nas páginas de *O Pirralho*, primeira incursão de Oswald pela imprensa, jornal que criou e dirigiu aos vinte anos. Como ninguém ignora, Oswald sabia ser virulento. Ao comentar, com o pseudônimo de Joachin da Terra, o recém-lançado *Gente rica*, enviado pelo autor, resolve acusá-lo de ignorância por presumível erro de gramática já na dedicatória coletiva ao jornal. Houve réplica, José Agudo respondeu e a polêmica pegou fogo, descambando em acusações pessoais e outros impropérios. Por fim, iria perdendo ânimo e interesse, e desapareceria ante questões mais prementes. A notar que rendeu um poema satírico e feroz de Oswald, transcrito por Saliba, encerrando a controvérsia.

A *elite paulista*

Apesar de toda a heterogeneidade, *Gente rica* tem um protagonista, que é Juvenal de Faria Leme, mais conhecido como Juvenal Paulista. Sua presença comanda quase todos os capítulos, embora o romance não seja em primeira pessoa, cabendo esta a uma "persona do autor". Entretanto, é o ponto de vista de Juvenal Paulista que predomina, as ideias dos dois confundindo-se o tempo todo. Não há distanciamento quando se trata de Juvenal Paulista, raramente surgindo um laivo de objeção ou de discordância. Decerto, é um alter ego: na personagem autônoma divisa-se um porta-voz do autor.

Autor e alter ego partilham uma visão fortemente crítica da elite, a quem endereçam farpas de toda ordem. É instigante o duplo ponto de vista, pois, enquanto Juvenal tem por alcunha "Paulista" e é membro da elite, o autor é um imigrante que seria excessivo chamar de marginal ou limítrofe, já que é um cidadão respeitável. Mas certamente se trata de um outsider. As opiniões de ambos, autor e protagonista, mesmo quando zombam da elite e portanto assumem uma crítica progressista, podem vir recheadas de nuances conservadoras no que diz respeito às mulheres, aos negros e aos pobres, que recebem avaliações depreciativas.

Quem é esse protagonista? "Juvenal de Faria Leme era um paulista da gema": assim começa o capítulo IV. Um de seus antepassados fazia parte da guarda de honra de d. Pedro quando ocorreu o célebre "desarranjo intestinal" às margens do Ipiranga, o lado carnavalizado da saga heroica da Independência. Assinando usualmente Juvenal Paulista, escrevia com assiduidade para jornais e revistas: "Tinha a paixão de escrever", o que mais uma vez o aproxima do narrador. É crítico das ideias feitas: descendente de bandeirantes, afirma que jactar-se disso é o mesmo que jactar-se de "ser neto ou bisneto de bandidos e ladrões". Em sua vida aventurosa, foi cozinheiro e descobriu a *sustanza*, ou caldeirão em que se ferviam os restos, que vai servir de metáfora para designar a espúria elite paulista. Para atiçar melindres, conta aos amigos que na infância comeu içás torrados.

Entretanto, como veremos, as opiniões que Juvenal vai livremente distribuindo a torto e a direito sobre tudo ou quase tudo, e que acredita serem avançadas na medida em que tratam com escárnio os ricos quatrocentões, às vezes tingem-se de nuances mais condizentes com um ancião ranzinza do tipo tradicional e moralista.

Tudo transcorre no centro da cidade de São Paulo, ou, mais exatamente, no Triângulo, como popularmente se chamava o perímetro delimitado por três ruas: Quinze de Novembro, São Bento e Direita — o coração da cidade, seu cerne mais antigo, ao mesmo tempo lugar de memória e foco de irradiação de poder. O livro oferece um inventário sistemático dos signos espaçotemporais que o constituem: toponímicos (ruas e logradouros em geral, incluindo nomes de restaurantes, bares, lojas, teatros, cinemas) e topográficos (ladeiras, vales, várzeas, esquinas, passeios públicos). O objetivo é descrever, de modo acurado, o cenário onde se passa o entrecho e os principais pontos — aliás repletos de carga semântica — nos quais decorre a vida das personagens, que se confunde com a vida, ou pelo menos a face pública, da elite na cidade.

Para começar, fala-se várias vezes dos Quatro Cantos, denominação da esquina da rua Direita com São Bento, que formava quatro perfeitos ângulos retos — prodígio num tecido urbano de arruamento ao léu. Consta que era o único cruzamento ortogonal em São Paulo e desapareceria com a abertura da praça do Patriarca.

Sobressaem no Triângulo a Casa Garraux, para aquisição de livros, na rua Quinze, a par do Guarany, café e restaurante, que para Juvenal é um antro de "coprofilia intelectual", onde fazem ponto os futuros bacharéis, árbitros da elegância masculina. Menciona-se o relógio do Grumbach, ou melhor, da joalheria e relojoaria de Maurice Grumbach, situada na esquina das ruas Quinze e Boa Vista. Seu relógio de grande quadrante permitia consulta de vários ângulos, graças à colocação estratégica bem na esquina. Ícone urbano, o relógio do Grumbach pode ser visto nas fotos de época que documentam a cidade de São Paulo.

Outros lugares frequentados pelas personagens são a Rotisserie Sportsman, o bar e restaurante Castelões, uma loja de luxo como a Ville de Paris, o cinema Radium, o Cassino, a praça Antônio Prado. O Santana e o Politeama ilustram os dois tipos de teatro que predominavam na época: o Santana lírico, em forma de ferradura, com vários andares de frisas e camarotes sobrepostos; o Politeama para espetáculos variados, como seu nome indica. Avista-se o viaduto Santa Ifigênia em construção e comenta-se a pendente inauguração do Theatro Municipal. O romance menciona mais lugares, e mesmo extramuros, procurados pela elite: o Velódromo, o Hipódromo, o rio Tietê das regatas, o Jardim da Luz, o Bosque da Saúde, o Parque da Cantareira. Para vilegiaturas, desde estações balneárias e praias do Guarujá ou de Santos como José Menino, até temporadas na Europa.

É bom lembrar que São Paulo naqueles anos ainda não era uma cidade importante. Perdia, e de longe, para a capital do país, Rio de Janeiro. A malha urbana era acanhada, sem nenhuma das suntuosidades arquitetônicas que pontilham o Rio Velho e que o distinguem como metrópole com tradição. Assim como é e era ímpar a beleza esplêndida,[21] a majestade de sua implantação à beira-mar, na baía de Guanabara, com relevo pitoresco e recortes de angras ou enseadas, a que se somam praias de alva areia a perder de vista. Se podemos abrir debate sobre beleza natural e arquitetônica, não se podem discutir os números. Nos albores do século xx, época em que se passa a narrativa, o Rio tinha cinco vezes mais habitantes que São Paulo. O arranque de São Paulo para se tornar a "metrópole tentacular" brasileira e americana, uma das maiores do mundo, ainda não era descortinado nas brumas do futuro.

O relógio da joalheria Maurice Grumbach, na rua Quinze de Novembro (1916)

Os Quatro Cantos, delimitados pelas esquinas das ruas Direita e São Bento (1916)

Rua Líbero Badaró (c. 1910)

Praça Antônio Prado (antigo largo do Rosário), com o bar e restaurante Castelões à esquerda (1904)

Casa Garraux, a famosa livraria de Anatole Louis Garraux, na rua Quinze de Novembro (c. 1889). Ao lado, fotografias do Café Guarany publicadas em *A Cigarra* (1915).

Café Guarany

A SUA BELLA TRANSFORMAÇÃO

Photographia tirada da parte externa do "Café Guarany", vendo-se o bello aspecto do salão luxuosamente montado, e os seus proprietarios srs. Carrera e Martins

Outro aspecto do bem montado café

Vale do Anhangabaú, com viaduto do Chá ao centro e parte do teatro São José à direita. À esquerda destaca-se um dos palacetes Conde Prates, onde funcionou o Grand Hôtel de la Rotisserie Sportsman (c. 1917)

Theatro Municipal pouco antes de sua inauguração. Em primeiro plano, o Vale do Anhangabaú, com viveiros da chácara Flora e sobrados da rua Formosa (1911)

Regatas no rio Tietê (c. 1920)

Clubs de Regata.   25 Guilherme Gaensly.

Teatro Santana, na rua Boa Vista (1910)

Avenida Higienópolis (c. 1915)

Viaduto Santa Ifigênia em construção (1910)

Praça da Sé, com destaque para a ligação das ruas Direita (à esquerda) e Quinze de Novembro. Ao centro, a Casa Lebre (c. 1911)

O romance de costumes e seus percalços

A estrutura narrativa de *Gente rica* procura fazer justiça à cartografia da cidade, que deslanchava rumo a um futuro de parque industrial, mas ignora a formação do proletariado paulistano. Apesar de ausente do romance, àquela altura a classe já possuía uma presença tal que tinha realizado uma greve por melhores condições de trabalho em 1907,[22] liderada pelos sindicalistas revolucionários em aliança com anarquistas e socialistas. Um ano antes fora criada a Confederação Operária Brasileira. Mas, afora a elite que ocupa o centro da cidade, este livro, coerente com seu título, não toma conhecimento da existência de outros bairros e de outras camadas sociais em São Paulo, nem mesmo nas fantasmagorias das personagens. E só o início dos anos 1930 assistiria ao surgimento do "romance proletário", cujo florão viria a ser *Parque industrial* (1933), de Pagu.[23] Se *Gente rica* ignora o fenômeno novo dos operários na cena social paulistana, muita ficção passou incólume pelo modernismo, mesmo se posterior à Semana de Arte Moderna.[24]

Por seu lado, *Gente rica*, buscando soluções literárias, vai se basear no estabelecimento de grandes diferenças entre os capítulos: com algum exagero, quase se pode afirmar que cada um é diferente do outro. Assim, veremos episódios de rua, em que personagens se encontram e conversam, reinando como princípio a noção de passeios citadinos. As personagens são *flâneurs* que palmilham uma futura metrópole, a qual como que vão circunscrevendo idealmente ou imaginariamente com seus passos. Tudo isso em consonância com a modernização em processo no Ocidente, quando os logradouros da metrópole e seus pontos de confluência (bares, restaurantes, cinemas) se tornam espaços de sociabilidade,[25] aptos a suscitar encontros, servindo ao desejo de ver e ser visto.

O entrecho gira em torno de um eixo constituído pelo capítulo central, o capítulo v, que ocupa cerca de um quinto do total, sobrando apenas quatro quintos para os dez capítulos restantes — certamente uma desproporção até visual, e que traz consequências para a harmonia do conjunto. Aqui reside o fulcro da narrativa e, como se espera, a importância do que é narrado exige tal extensão. Vamos ver então o que diz esse capítulo tão desmedido.

Tratando da instalação da Mútua Universal, uma associação de investimentos, tem como cenário uma sala de primeiro andar na rua São Bento. Especificamente, o objetivo da reunião era "instituir uma pensão para os mutuários durante vinte anos, e um pecúlio de trinta contos de réis pagável, por morte do instituidor, aos seus beneficiários". É aí que vigora o que o romance chama de "mutuomania" entre figurões, muito na moda naqueles anos. As pessoas de posses fundavam associações de auxílio mútuo, fazendo investimentos que renderiam lucros e se multiplicariam, atendendo a interesses que atingiriam seu clímax em nosso tempo. Ainda assim, não passam de pálida antecipação, quando comparadas à especulação do capital financeiro que hoje se expressa, por exemplo, nos *hedge funds*, e ao desequilíbrio econômico em escala planetária a que conduziram o conjunto da sociedade.

No grupo de instauração da Mútua há discussões políticas e ideológicas, predominando o moralismo saudosista. Fala-se de carestia para os pobres, ante o deslanchar da especulação imobiliária, que vai tornar os aluguéis extorsivos. Aplaude-se o progresso, que no entanto traz para os mutuários inconvenientes menores, como o surgimento de arrivistas, ou então de pais e mães relapsos.

O amplo espectro coberto por esses associados pertencentes à elite é explicitado numa série de perfis, que, em poucas pinceladas, esboçam caricaturas de pessoas influentes. Apresentamos uma súmula a seguir, com prejuízo das vívidas pequenas anedotas que acompanham cada nome e que merecem ser saboreadas no próprio romance.

O perfil do dr. Gustavo da Luz é dos mais caricaturais em seu exagero e seu rebaixamento: um "cientista louco" especializado em tatus, tamanduás e pulgas, que deles retira ilações para os humanos. O dr. Archanjo Barreto é riquíssimo, apenas. Jeronymo de Magalhães acedeu à prosperidade através do matrimônio com uma prestamista; Adelino Silveira é seu genro e herdeiro. O comendador Julio Marcondes é de origem pobre, mas arranjou um casamento rico e hoje figura na elite. Dedicou-se a ser um casamenteiro científico, elaborando um livro contábil de herdeiras. O dr. Orthépio Gama, representante da camada dos políticos, é deputado e, nem é preciso dizer, rico. O coronel Rogerio Lopes é de sólida fortuna agroindustrial: tem fábrica de tecidos e fazenda de café. Seu filho dr. Zezinho Lopes, bacharel em direito, é um estroina, esbanjador e femeeiro, que frequenta pensões alegres. Apanhado com a boca na botija, o marido enganado obriga-o a lavar o chão da casa, em peripécia que se divulga para que todos se divirtam à socapa; o pai então o casa à força, aos 23 anos. Alexandre Rossi (único com sobrenome de imigrante) criou uma indústria em sociedade com o dr. Claro da Silva, em troca de oferecer-lhe a esposa; foi assim que enriqueceu. O barão de Athayde é escravista e racista, mas também filantropo; vive da renda de casas de aluguel. O dr. Araujo Reis é um mau-caráter: torna-se jornalista, e venal, vendendo-se pelo melhor preço. Em cinco anos estava rico e era o único proprietário do jornal em que trabalhava.

Esse é o elenco dos poderosos que o romance apresenta em clave satírica: não há um sequer com integridade ou decência. Observa-se que representam diferentes setores das camadas dominantes, partilhando do poder em maior ou menor escala. A sátira, que não perdoa a ninguém, preside à caracterização em traços mínimos de cada um deles.

No entanto, a força da imigração que então se processava a todo vapor é ignorada como movimento social que logo mudaria a face do país, e sobretudo de São Paulo — tal, como vimos, ocorre com o proletariado. O único mutuário não "quatrocentão" é Alexandre Rossi, e, mesmo sendo único, carece de desenvolvimento como personagem. Mas, na São Paulo da época, em poucos anos um imigrante será o Rei da Indústria (Matarazzo) e, penetrando no feudo da oligarquia fundiária, outro imigrante será o Rei do Café (Lunardelli). O contingente italiano deixará marcas na Pauliceia, imprimindo seu sinete na economia e na política, no embate das classes, nas artes, na literatura, na música erudita e popular.[26] Logo suas figuras de proa estarão em condições de trocar dinheiro por pedigree, casando-se com as filhas dos barões do café arruinados.

Curiosamente, essa apresentação dos membros da Mútua será complementada, quase como num apêndice ou nota de rodapé, pela "transcrição" de uma paródia a seus estatutos, numa interpolação dois capítulos adiante. O panfleto fora previamente distribuído pelo correio. É o que ocorre no capítulo VII, em meio a uma récita de *A Dama das Camélias* com a atriz Mina Lanzi no Teatro Santana, a que acorre a elite da cidade.

São quase oito páginas[27] de um texto anônimo, propondo a criação do Showing Club, em meio a uma radiografia da sociedade paulistana e a uma tipologia de sócios.

Embora anônimo, o texto faz lembrar os habituais destemperos de Juvenal — sempre preconceituosos e com fortes marcas de classe. Começa por uma censura à falta de casas de aluguel, dizendo que isso implica prosperidade dos donos delas, pois estão todas alugadas. E acrescenta outra admoestação... às cozinheiras, que em vez de manejar o fogão vão estudar na Escola Normal, para deixar de ser cozinheiras, é óbvio. A Escola Normal era instituição recente e modernizadora, que tirava as moças de dentro de casa e abria caminho para uma profissão digna. Por isso, esses acenos de independência feminina despertavam a ira de muita gente, assombrando os homens com vagas miragens de condutas mais permissivas. É só lembrar a frequência com que elas perpassam pelas páginas do modernismo (Pagu era normalista).[28] Segue-se mais uma descompostura, esta indiscriminada, estigmatizando aqueles que não querem prestar serviços menos nobres, pois, tanto nacionais como estrangeiros, estão todos contentes. Só discordam "os trapaceiros, os gatunos, os chantagistas e os *caftens*".

Em seguida, o panfleto se concentra em seu objetivo, que é propor, na craveira da galhofa é claro, a criação de outra mútua, uma que se chamará Showing Club e que tem por lema uma frase em inglês: "*Showing For Ever!*". Título e lema escancaram o objetivo de ostentação. Trata-se de uma paródia da mútua que foi criada a sério no capítulo v. Vejamos suas propostas.

Sem sede, sem porteiro, sem visitas de cobradores, sem regimento interno, sem conselho fiscal, sem assembleia geral, sem rateios: essas são as vantagens, todas negativas. No balanço positivo, propõe-se que todos pertençam ao clube por direito de nascimento, que deverá ser ratificado pelo postulante. Se ratificado, será perpétuo. Em seguida vem a classificação dos sócios por categoria, conforme sejam efetivos, honorários, beneméritos e ultrabeneméritos. E é aqui que a sátira alça voo, infringindo todos os limites e partindo para a chanchada mais deslavada.

Para ser sócio efetivo, basta que a data de seu aniversário saia nas colunas sociais ou que tenha automóvel. Incluem-se os funcionários públicos que recebam homenagens, com ou sem busto esculpido. Deputados e senadores, todos os que falam — os calados, não. Os conferencistas, os barbados que raspam a barba, os que têm título de nobreza mesmo que conferido pelo papa, os membros da Guarda Nacional, os bacharéis que não exercem a profissão.

Os honorários incluem aqueles que viajam para o exterior, bem como as pessoas que fazem donativos de caridade a que dão a maior publicidade possível.

Os beneméritos garantem a instituição família: mantêm amantes ostensivas e filhos esbanjadores, são fregueses da jogatina, fazem assinatura de camarotes nos teatros para suas duplas ou múltiplas famílias.

Os ultrabeneméritos são aqueles que conseguem encontrar eco na imprensa estrangeira para sua prática da filantropia. Têm a entrada proibida todos os literatos. E isso porque estão sujeitos à crítica, de que se exige que seja isento todo sócio do clube.

E assim se encerra o panfleto, depois de ter desancado com sua sátira a promiscuidade da família paulista, a hipocrisia dos políticos e a avidez geral por celebridade.

Terminado o texto, em meio ao que chamavam de *brouhaha* na porta do Teatro Santana e à magnificência da multidão em trajes de gala, encontram-se Juvenal e o dr. Zezinho. Sempre opinante, Juvenal vai logo dizendo o que pensa. Começa por criticar os arranha-céus, copiados dos americanos. Entretanto, acrescenta, antes um panfleto que uma bomba de dinamite atirada lá do alto sobre a plateia apinhada. O mal é o exibicionismo dos ricos. E o texto é bem escrito, diz ele, coisa rara entre aqueles que só mostram "a ânsia de enriquecer, o gosto de esbanjar e o desprezo pelas belas-letras".

Nesse ponto, o romance retoma a linha da narrativa, o som da campainha anunciando o levantar do pano. Uma digressão do narrador fulmina a invenção dos "cinematógrafos, aeroplanos, automóveis e telégrafos sem fio", aliada ao culto à velocidade que transtorna os hábitos de vida, de pensamento e de apreciação da arte. Ressalva-se, ironicamente, é claro, o cinematógrafo, que vai substituindo a *soirée* dançante, poupando aos pais a apresentação de filhas casadouras aos rapazes disponíveis, em festas domésticas dispendiosas. Uma rápida e barata sessão de cinema permite exibir as filhas cobertas de joias e luxuosas toaletes aos candidatos que enxameiam na saída das salas.

O entrecho avança, com Juvenal Paulista entre amigos, alguns da Mútua, efetuando mais uma digressão no intervalo do penúltimo ato. Desta vez, em forma de carta, dirigida aos vereadores da cidade e comentando a próxima inauguração do Theatro Municipal. Em meio a elucubrações variadas, em geral destinadas a fazer brilhar o engenho do discurso que, por exemplo, compara aquele teatro a um canivete, acaba por ameaçar a futura administração da casa, se malbaratar o dinheiro público ali investido. Logo depois o drama no palco termina e, como era de uso, alguém se levanta e faz um discurso em louvor de Mina Lanzi. O discurso é paródico, um primor de lugares-comuns entremeados de hipérboles nacionalistas e parnasianas. O orador é Leivas Gomes.

Neste ponto, vemos como a elite paulistana da época encontra-se representada em *Gente rica* em suas linhas de força. A velha oligarquia, constituída por "quatrocentões", é quem manda. Seu poder político é escorado no poder econômico, que vem do chamado Eixo Café com Leite, combinando a riqueza agrária de São Paulo com a riqueza pecuária de Minas Gerais. Foi o Eixo Café com Leite que fez os primeiros presidentes civis da República. E só o advento de Getúlio Vargas em 1930 interromperia essa férrea aliança, levando ao poder as forças gaúchas, vindas do Sul, portanto de fora do território até então demarcado. Getúlio se apoiaria na classe trabalhadora, trazendo sangue novo e problemas novos para a arena social e política. É o período anterior, prévio à fase getulista que nem sequer ainda se delineava no horizonte, que *Gente rica* apanha e descreve.

Um grande coadjuvante: Leivas Gomes

Leivas Gomes apresenta um caso à parte neste romance, pois é sem dúvida a personagem coadjuvante de maior relevo. Afora este capítulo v, aparece como interlocutor de Juvenal Paulista, longamente, nos diálogos dos capítulos ii, vi e viii; tem resumo biográfico no início do capítulo iii; e ocupa sozinho os dois capítulos finais, ix e x. Então, vamos a Leivas Gomes, a cogitar por que tem lugar privilegiado em *Gente rica*.

A começar, quando estreia no capítulo ii, vindo passar dois ou três meses na capital para se refazer, fala-se de seu empenho no interior, tanto na campanha civilista recém-finda, e perdida, como na defesa de sua administração municipal, em Jaú. Prefeito de uma cidade do interior, fizera oposição ao marechal Hermes da Fonseca, ora eleito presidente da República. Está por baixo, portanto, como então se dizia: até emagreceu.

São seis páginas de diálogo, ocupando o capítulo todo, Juvenal insistindo que não toma conhecimento de política. Assistimos a um libelo de Juvenal tendo por tema os perigos do automóvel, em que ele zomba do "progresso". No fim do capítulo II, Leivas toma o bonde 25 para regressar a casa, na avenida Higienópolis.

O capítulo III informa com admiração que Leivas era um *self-made man*, porque não provinha de família rica e, coisa rara, subira na vida por esforço próprio. Bacharel em engenharia pela Politécnica, tinha talento para falar e para escrever. Casou-se bem, com a filha de um fazendeiro de café. Rápido desabafo de Juvenal contra os ex-escravos: entregam-se à aguardente e à indolência... A influência política da família da esposa levou-o a candidatar-se e ser eleito. Uma vez prefeito, passa a ambicionar uma cadeira na Academia Brasileira de Letras. Interferem nebulosas alusões a uma "espada" que serve de "gazua" para forçar a porta da Academia quando a "pena" (a sua) nada conseguiu: possível menção à tentativa de candidatura do marechal Hermes da Fonseca à Academia, afinal gorada. A biografia prossegue e o capítulo é encerrado por uma súmula do narrador, dizendo que a situação política que o elegera tinha "caído", mas que Leivas Gomes continuaria em frente, porque a chave do sucesso é a "abastança [...] moderna varinha de condão que transforma em maravilhas tudo que toca". E a última frase do capítulo, a augurar o futuro dele, é: "Era rico e tinha talento...".

Depois disso, Leivas Gomes aparece no capítulo v, de instituição da Mútua Universal, mas rapidamente — só está ali para ser contado como membro do seleto grupo.

O capítulo vii é dedicado ao espetáculo no Teatro Santana, com a atriz Mina Lanzi. Tanto Juvenal como Leivas Gomes vão assistir. Segue-se uma descrição da pompa e da ostentação do teatro e dos aficionados presentes. O narrador fala longamente dos divertimentos dos ricos em São Paulo e comenta a construção do Theatro Municipal.

No capítulo viii dá-se novo encontro entre Juvenal e Leivas Gomes, no dia seguinte ao espetáculo. Juvenal outra vez pontifica sobre várias coisas e termina com uma tipologia das mulheres, moralista e machista. Segundo ele, não muito original em seus estereótipos, as mulheres difíceis são íngremes ou verticais, enquanto as fáceis são horizontais etc. Diz ainda, na mesma linha, que tudo o que é estético é sinuoso, curvo ou convexo. Aproveitam ambos para discutir a beleza de Mina Lanzi. Separam-se e Leivas vai jantar em casa do sogro.

Os capítulos ix e x formam, inesperadamente ante o teor descritivo e digressivo do romance até agora, a maior e mais concentrada narrativa do livro, e que poderia ser um conto independente. Duas cenas narram a súbita paixão de Leivas por Mina Lanzi, a quem viu pela primeira vez no teatro como protagonista de *A Dama das Camélias*.

Por fim, tudo entra na rotina das coisas, a esposa não se rebela, porque, diz o livro, todos são "delicados". Então, uma anedota picante de adultério é o que encerra a narrativa.

Os ardis da pena

Um último capítulo, o de número xi, oferece desenlace e encerramento. Faz par com o capítulo i, de apresentação. Ambos, nitidamente, abrem e fecham o livro, como recurso de organização da matéria. Somam-se outras tentativas de contestar a forma, tornando-a menos convencional — o que acontece repetidamente nesse nicho do romance de costumes. No presente caso, atribuindo aos capítulos títulos dos segmentos musicais de uma partitura, em italiano. Ou o trabalho das epígrafes, uma para cada capítulo. Outros recursos foram mobilizados em romances de costumes no mesmo nicho (*Madame Pommery*) ou precursores (*A família Agulha*).

Como numa rapsódia musical, os títulos sucedem-se na ciranda dos capítulos, indicando seu cunho altamente variado. De modo geral, aludem ao que se passa nas páginas que os compõem, como segue:

i. *Prelúdio*: apresentação jocosa. ii. *Dueto*: diálogo entre Juvenal Paulista e Leivas Gomes, flanando pelo Triângulo, onde se cruzaram por acaso. iii. *Aria*: traços biográficos de Leivas Gomes. iv. *Solo*: traços biográficos e declarações de princípio de Juvenal Paulista. v. *Ensemble*: instituição da Mútua Universal, oportunidade em que todos os treze membros se reúnem. vi. *Intermezzo*: Juvenal Paulista e Leivas Gomes encontram-se mais uma vez na rua, no Triângulo. vii. *Variazione*: passa-se na noitada elegante do Teatro Santana. viii. *Scherzando*: outro encontro casual, na rua, entre os dois amigos, sempre no Triângulo. ix. *Romanza*: o título é irônico e fala da corte de Leivas Gomes a Mina Lanzi. x. *Smorzando*: desacelerando e amortecendo o som: prepara o final, pois é o penúltimo capítulo. xi. *Grande Concertante*: encerramento e desenlace, com resumo do destino futuro das personagens.

Quanto às epígrafes, a cada capítulo cabe uma, que pode ser da lavra do autor (indicado por "j. a."), citação alheia ou apócrifa, podendo mesmo ser atribuída a Juvenal Paulista. Há até uma de Benjamin Franklin, do *Almanaque do bom homem Ricardo*, bem como outra com trecho do soneto "Mal secreto", de Raimundo Correia. No conjunto, contribuem para o lúdico formal, submetendo a deslizamentos e facécias a forma do romance, sugerindo um respiradouro para a gravidade da sátira.

O livro começa por uma dedicatória, e das mais sucintas: "A João Grave/ oferece/ José Agudo", dentro de uma cercadura que delineia um cartão de visita com o canto dobrado.[29] O primeiro capítulo, de apresentação, que se segue, é peculiar, tanto pelo que diz como pelo que desdiz.

Não é longo, mas é tortuoso, nisso espelhando a estrutura do romance a que antecede. Oferece uma meditação sobre todas as artes, em que o autor explica o que pensa de cada uma delas. Desembocará na literatura, a respeito da qual expende juízos, para chegar aonde queria: na justificativa deste livro. Das mais interessantes é a (falsa) confidência de que pretendia compor um poema épico, intitulado "Epopeia da abastança". Mas cogitou que um poema atrairia menos leitores que um romance, motivo de sua decisão.

Duas observações paralelas despertam o interesse do leitor. Primeiro, sua ojeriza à nova moda do romance policial ou de detetive, contra o qual invectiva com argumentos que vão da ofensa à Arte, assim com maiúscula, ao baixo nível social dos leitores: esse romance faz "a delícia dos meninos de escola, dos caixeiros de taverna e dos bandidos profissionais". Segundo, uma reivindicação de originalidade, pois, afirma, nunca houve uma obra literária que fizesse o elogio da riqueza.

Sendo os ricos seu assunto, tema de que se diz conhecedor, resolve dedicar a eles sua obra, pois almeja alcançar como leitores esses a quem declara seu grande amor. Uma última ironia, esta involuntária, está expressa nessa apresentação, quando fala com admiração das obras que "conseguem, quando bem escritas, resistir ao esquecimento universal".

Em suma, divertido e vivaz, *Gente rica* tem seus atrativos realçados quando consideramos que, fugindo à fonte irradiadora na capital federal, vai buscar na província os traumatismos da modernização republicana. Fazendo a crônica satírica da elite em timbre pré-modernista, esmera-se em criar para o leitor uma obra de ficção em forma de mosaico: testemunho de um pedaço desgarrado da literatura e da história que, por ser de transição, é prenhe de futuro.

NOTAS

GENTE RICA (P. 9-131)

1 Nesta edição, atualizou-se a ortografia e mantiveram-se a pontuação e a sintaxe da edição original, de 1912.

POSFÁCIO (P. 133-91)

1 Elias Thomé Saliba, "A dimensão cômica da vida privada na República", in: Fernando A. Novais (dir.), *História da vida privada no Brasil*, v. 3 — *República: da belle époque à era do rádio* (org. Nicolau Sevcenko). São Paulo: Companhia das Letras, 1998.

2 Vários autores, *Sobre o pré-modernismo*. Rio de Janeiro: Fundação Casa de Rui Barbosa, 1988.

3 Veio inexplorado, essa ficção esquecida pode render muito. Ao transferir o ângulo analítico da literatura para a música, foi o que demonstrou José Ramos Tinhorão: ver *A música popular no romance brasileiro*. São Paulo: Editora 34, 2000, 3 v.

4 Beatriz Resende, *Lima Barreto e o Rio de Janeiro em fragmentos*. 2.ª ed. Belo Horizonte: Autêntica, 2016.

5 "Dialética da malandragem", in: Antonio Candido, *O discurso e a cidade*. 3.ª ed. São Paulo: Duas Cidades; Ouro sobre Azul, 2004.

6 "O honrado e facundo Joaquim Manuel de Macedo", in: Antonio Candido, *Formação da literatura brasileira*. 16.ª ed. São Paulo: Fapesp; Ouro sobre Azul, 2017.

7 Flora Süssekind, "Prosa em zigue-zague", in: Luís Guimarães Jr., *A família Agulha*. Rio de Janeiro: Vieira & Lent; Casa de Rui Barbosa, 2003. Brito Broca, "Humor negro", in: *Teatro das letras*. Campinas: Editora da Unicamp, 1993.

8 Nada humorístico, ao contrário naturalista e "maldito", mas também romance do Rio de Janeiro é *O bom crioulo* (1895), cujo protagonista é um marinheiro homossexual e mulato. Ver Salete de Almeida Cara, "Apresentação", in: Adolfo Caminha, *O bom crioulo*. São Paulo: Ateliê Editorial, 2014.

9 Nicolau Sevcenko, "A capital irradiante: técnica, ritmos e ritos do Rio", in: *História da vida privada na República*, op. cit.

10 Décio de Almeida Prado, "Evolução da literatura dramática", in: Afrânio Coutinho, *A literatura no Brasil*, v. vi. 3.ª ed. Rio de Janeiro: José Olympio; UFF, 1986. A peça de Artur Azevedo obteve grande êxito em encenações modernas, a exemplo daquela dirigida por Flávio Rangel em 1972, no Teatro Sesc Anchieta de São Paulo.

11 E. R. Curtius, *Literatura europeia e Idade Média latina*. São Paulo: Hucitec; Edusp, 1996. Raymond Williams, em *O campo e a cidade* (São Paulo: Companhia das Letras, 1990), examina a evolução do tema na literatura inglesa.

12 Walter Benjamin, "Paris, capital do século xix", in: *Passagens*. Belo Horizonte: Editora da UFMG; São Paulo: Imprensa Oficial, 2006.

13 Antonio Dimas, *Vossa Insolência: crônicas — Olavo Bilac*. São Paulo: Companhia das Letras, 1996.

14 Brito Broca, *A vida literária no Brasil — 1900*. Rio de Janeiro: José Olympio, 2004, cap. xiv.

15 Pseudônimo de Paulo Barreto.

16 "Cartas de um mundo perdido", in: Antonio Candido, *Recortes*. 3.ª ed. Rio de Janeiro: Ouro sobre Azul, 2004. Flora Süssekind, "Lúcio de Mendonça e João do Rio: o romance epistolar e a virada de século", in: Vários autores, *Sobre o pré-modernismo*, op. cit. Chirley Domingues, *Chega de saudade: um estudo sobre a recepção crítica de João do Rio*. Dissertação (mestrado) — Florianópolis: UFSC, 1996.

17 "Costallat: uma época", in: Brito Broca, *Escrita e vivência* (Campinas: Editora da Unicamp, 1993), cita outro romance com título paradigmático: *Os devassos*, de Romeu Avelar. Julia O'Donnell, "A cidade branca: Benjamin Costallat e o Rio de Janeiro dos anos 1920". Revista *História Social*, Campinas, Unicamp, n.ᵒˢ 22-23, 2012.

18 Paulo Francisco Donadio Baptista, *Rumo à praia: Théo-Filho, Beira-Mar e a vida balneária no Rio de Janeiro dos anos 1920 e 30*. Dissertação (mestrado) — Rio de Janeiro: UFRJ, 2007.

19 Hilário Tácito (pseudônimo de José Maria de Toledo Malta), *Madame Pommery*. Edição preparada por Júlio Castañon Guimarães. 5.ª ed. Campinas: Editora da Unicamp; Rio de Janeiro: Casa de Rui Barbosa, 1997. Beth Brait, *Ironia em perspectiva polifônica*. Campinas: Editora da Unicamp, 1996.

20 Elias Thomé Saliba, "Aventuras e desventuras de José Agudo, um cronista da Pauliceia na *belle époque*". *Revista USP*, São Paulo, n.º 63, set.-nov. 2004.

21 Cantada em prosa e verso e pela música popular, a começar pela marchinha do Carnaval de 1935, "Cidade maravilhosa", mais tarde oficializada como hino do Rio de Janeiro. Foi e é tema constante do Carnaval carioca. Seria levada às alturas pela bossa nova, que, sistematicamente, louvou seu esplendor.

22 Edilene Toledo, *Anarquismo e sindicalismo revolucionário: trabalhadores e militantes em São Paulo na Primeira República*. São Paulo: Fundação Perseu Abramo, 2004.

23 Pagu, ou Patrícia Galvão, assina o livro com o pseudônimo de Mara Lobo. Comunista e feminista, esse romance de costumes urbanos subverte classe e gênero. Encenando, em prosa modernista quase "telegráfica", a vida de moças trabalhadoras dentro e fora da fábrica, mostra-se transgressor tanto na forma como no entrecho, revelando por contraste o padrão esteticamente mais conservador do romance coevo.

24 Veja-se *Mirko* (1927), romance de Francisco Bianco Filho, que padece de uma cisão esquizofrênica: divide-se em duas metades que se alternam e se entrelaçam. Uma é regionalista (no interior tudo é puro, autêntico, tradicional, a heroína casta) e a outra é de costumes urbanos (no Rio de Janeiro residem a modernização, a orgia noturna, a devassidão, o maxixe para dançar agarradinho, a atração carnal da outra heroína).

25 Ver Walter Benjamin, op. cit.

26 Nas artes visuais: Portinari, Anita Malfatti, Victor Brecheret. Na literatura: Menotti del Picchia e a ficção de *Laranja da China* e de *Brás, Bexiga e Barra Funda*, de Alcântara Machado, que reconstrói o colorido típico dos bairros dos *oriundi*. Na música erudita: os maestros e compositores Radamés Gnattali e Francisco Mignone; na música popular: Adoniran Barbosa (pseudônimo de João Rubinato). No humor, Juó Bananère (pseudônimo de Alexandre Ribeiro Marcondes Machado) e Voltolino (João Paulo Lemmo Lemmi). Os imigrantes italianos constituiriam também a força motriz do Teatro Brasileiro de Comédia e da Companhia Cinematográfica Vera Cruz. A caracterização de um herói caipira no cinema caberia a Amácio Mazzaropi.

27 Na primeira edição.

28 Já rendera um romance naturalista que beirava o sensacionalismo: *A normalista* (1893), de Adolfo Caminha. Tal como na literatura, a pecha de independentes e transgressoras aplicada a essas jovens aparece no Carnaval, na música popular, no teatro de revista, na charge e na caricatura.

29 Proust fala longamente do costume de *corner des cartes*, ou de dobrar o canto superior esquerdo do cartão, em sinal de cortesia.

CRÉDITOS DAS ILUSTRAÇÕES

p. 6: rua São Bento, Guilherme Gaensly, c. 1902. Acervo da Fundação Biblioteca Nacional — Brasil

p. 159: rua Quinze de Novembro, 1916. *Álbum Comparativo da Cidade de São Paulo (1862-1910-1916)*. Acervo da Biblioteca Mário de Andrade

p. 160-61: rua Direita (Quatro Cantos), 1916. *Álbum Comparativo da Cidade de São Paulo (1862-1910-1916)*. Acervo da Biblioteca Mário de Andrade

p. 162: rua Libero Badaró, 1910. *Álbum Comparativo da Cidade de São Paulo (1862-1910-1916)*. Acervo da Biblioteca Mário de Andrade

p. 163: largo do Rosário, 1904. *Álbum Comparativo da Cidade de São Paulo (1862-1910-1916)*. Acervo da Biblioteca Mário de Andrade

p. 164: Livraria Garraux, c. 1889. *Álbum de São Paulo, 1889*. Acervo da Biblioteca Mário de Andrade.

p. 165: *A Cigarra*, 1915, ano II, n.º XX, D. A. Press Diários Associados

p. 166: Vale do Anhangabaú, c. 1917. Acervo Fotográfico do Museu da Cidade de São Paulo

p. 167: Theatro Municipal, 1911. Acervo Fotográfico do Museu da Cidade de São Paulo

p. 168-69: rio Tietê, Clubs de Regatas, c. 1920. *Álbum de Postais da Cidade de São Paulo (1900-1940)*. Acervo da Biblioteca Mário de Andrade

p. 170: Theatro Sant'Anna, 1910. *Álbum Comparativo da Cidade de São Paulo (1862-1910-1916)*. Acervo da Biblioteca Mário de Andrade

p. 171: Avenida Hygienopolis, c. 1915. *Álbum de Postais da Cidade de São Paulo (1900-1940)*. Acervo da Biblioteca Mário de Andrade

p. 173: sem título, 1910. F. Manuel, *Álbum da Construção do Viaduto de Santa Efigênia, 1910-1911*, Acervo da Biblioteca Mário de Andrade

p. 174-75: rua Quinze de Novembro. c. 1911. Acervo Fundação Energia e Saneamento

Este livro foi composto em Freight text em agosto de 2021.